U0866009

长令人间添欢喜

刘传辉 著

中国工人出版社

图书在版编目（CIP）数据

长令人间添欢喜 / 刘传辉著. -- 北京 : 中国工人出版社, 2021.8
ISBN 978-7-5008-7702-8
Ⅰ. ①长… Ⅱ. ①刘… Ⅲ. ①散文集 - 中国 - 当代 Ⅳ. ①I267

中国版本图书馆CIP数据核字(2021)第149843号

长令人间添欢喜

出 版 人　王娇萍
责任编辑　刘广涛
责任印制　黄　丽
出版发行　中国工人出版社
地　　址　北京市东城区鼓楼外大街45号　邮编：100120
网　　址　http://www.wp-china.com
电　　话　（010）62005043（总编室）
　　　　　（010）62005039（印制管理中心）
　　　　　（010）62379038（社科文艺分社）
发行热线　（010）82029051　62383056
经　　销　各地书店
印　　刷　三河市东方印刷有限公司
开　　本　880毫米 × 1230毫米　1/32
印　　张　8.75
字　　数　173千
版　　次　2021年9月第1版　2022年11月第3次印刷
定　　价　58.00元

本书如有破损、缺页、装订错误，请与本社印制管理中心联系更换
版权所有 侵权必究

饮茶当如饮趣

记得大概三十年前，新乡有一片文学场地，叫“德馨茶楼”，茶楼虽小，茶馨却长。四壁挂着几位兄长的墨宝和语录。德馨茶楼离另一座市文联大楼很近，于是，这里慢慢就成为牧野文艺界的一方编外天地。诗人、作家、书法家、画家在这里品茶论道，兴云作法。

搭建这一方天地者是“德馨茶楼”的楼主刘传辉先生。

几十年后的一天，传辉来到郑州，白茶换成白酒，没有喝茶，改为喝酒，才知道他还是“茶家”之外的一位“作家”。这么多年，分茶当字，他有了第一部书，如今又有了这第二部书，以后还会有第三部。

传辉既有创业经历，又有闲情逸致。他阅读面广，对世道人生颇有感悟。我忽然觉得，三十年前的那一座茶楼，在时间里如一方舟子漂流而来。茶楼主人并不只在那里喝茶，不但有茶楼的窗外风景，还有主人的茶外功夫。

人生就是一次饮茶，无非从形式上分一人饮，两人饮，众人饮。上盏撤杯，从容一些才好。

茶楼主人一盏一盏，点点细细地，是在为众人一一分茶。

想想看，世事繁多，而一人所求却也简单，

只要当它作青壶茶饮，有趣大于意义，马上就一身轻松。看有水的山，看长苔的石，看有鸟的林，和有趣的人在一起斗蟋蟀，卢仝喝到七碗茶时亦感生翅飞仙。而对作家而言，好读者也无非就是去看几篇有趣的文章，甚至一段，抑或一句。不然，一把茶壶则太挂碍。

茶中自有杯盏世界，如何找趣，各位看官不妨走进字里行间，去寻觅自己那一丝情趣和茶馨。茶漂浮，或渐沉。你独品，或对饮。你上来，或下去。

冯杰　河南新乡人，作家、诗人，文人画家

2021.6.1客郑

一个人的“文艺复兴”

记得一位美国作家说过，一个人最好的自我训练是读和写，去读写那些舍弃了你就无法呼吸的东西。感谢本书作者刘传辉先生，是他让我隐隐约约地记起了这段话，因为他就是这样做的。

一个自律的人，会对自己进行各方面的训练。不管你从事什么行业，读和写都是一个人的人格训练。正如传辉在自序中所说的，他既不是职业读者，也不是专业作者，而是浸身于实业领域的企业人，并在很多行业成绩不俗。但，他心心念念的不朽人格，却来自对中国传统士人君子的认同。

中国传统士人君子的人格培养，离不开读和写的训练。西周时期，中国就出现了严格意义上的士人阶层，他们在“礼乐射御书数”六艺的训练中，被培养成礼乐兼备、文武双全的诗人、歌者与战士，以“杨柳依依，雨雪霏霏”的家国情怀，开启士人君子诗意的人格样式。后来，科举制训练士人，则更多偏向读和写了。学子进士及第以后，才有资格或有机会以文履职，教化风俗，使中国传统政治在操作层面上犹有一种理想人格的表达。

传辉以他文化个体性的自觉，进行自我训练和自我教育，以读和写训练内在的人格，再将具备一定人格训练的自身投入实业，投放到市场，成为一代企业新人。

这种训练是“我”不具备的，“我”只有读和写的训练。所以与传辉相比，他的训练更为完整，在精神超越中，他不断接近“卓越”而全面的人。从精神到人格，不过是一杯茶的距离。阅读可以给思想一个悬停的机会，让行动慢下来，让思想孤独一会儿，才能思考。

读书是什么？究其本质是给你的精神输送营养。我曾经说过：如果我们能对生活分类，将物质的归物质，精神的归精神，收藏精神，也未必不是一件乐事，而且是人生的一大乐事。人活着，最好是在精神与物质之间寻求一个平衡点，这个平衡点就是阅读。阅读可以让精神提携物质，给予物质某种人性的光芒。阅读是一种精神收藏，它可以让你的精神永远丰赡。

据传辉讲，他每年坚持阅读六七十本书，这的确是一场壮举。我主张“苦读”，即有障碍的阅读，才有助于灵魂的淬炼。正常的阅读是磕磕绊绊的、迟疑的，因为我们在阅读中常常会遇到很多疑问，这些疑问会敦促我们寻找另一本书来阅读，以此形成的阅读链条，就是我们“上山”和“下山”的抓手。

而更艰难的考验，则是边读边写。记得我们上学时老师常说的一句话：不动笔不读书。那么，写作又意味着什么呢？如果说阅读是一种收获，那么写作则是一种释放；如果说阅读是向他者寻求知识和智慧，那么写作则开始了个性的自我表达。释放灵魂，调理人性的不适，必须在逻辑、抽象、思想的立体建构中完成，这是写作的形而上的诉求；写作的技术训练，尤为关键的是提出问题、论证问题以及独立解决问题的能力；还有自己的语言和自己的风格。

这本书的书名耐人寻味——《长令人间添欢喜》。作者说，“生命需要新高度”，他很诚实地给出了预设，人生的前半场是知世，需要攀登；后半场是知我，那就是“下山”。传辉在这里，以形而上的方式回答了“咋下来”的问题。

传辉不写高头讲章，只写一个人的心路历程。这本书在回忆中重温人性的温暖，捡起当下因科技飞速发展而丢失的人性，以自律、自化和自治，写成一个人的历史，可谓一个人的“文艺复兴”。

李冬君　历史学者、作家

2021.3.18于京郊蛱蝂斋

自 序

我的第一本随笔集出版时开了一个新书发布会，来了七八百人。幸得朋友们捧场，第一版当场售罄，是我少有的高光时刻。那本书叫作《生命需要新高度》。此后数年，我经常被朋友们揶揄："老刘，上去了，咋下来？"

这话看似戏谑，实如棒喝，让我思考如何面对人生的下半场。岁月倏忽，回头已是中年。中年，是个理想越来越远、现实越来越近的尴尬年龄段。人到中年回忆渐多，酸甜苦辣，冷暖自知。人生最富创造力、最具开拓意识、最能创造成就的岁月已经过去，剩下的时光还能干什么？如何面对人生的下半场？

如果说人生的前半场是登山，那下半场就是下山；上半场是认识世界，那下半场就是认识自我。苏格拉底说："未经省察的人生不值得过。"人生的下半场，贵在省察过往，知悟天命。

我创业多年，做过服务、零售和地产，辗转各行各业，功不成名不就。我对中国传统士大夫精神高度认同，对商业身份却满不在乎。我渴望成为一个有知识有文化的人，正如我的自我介绍：身处商海，心慕学人。于是，我常被调侃，说我是做生意里读书多的，读书人里做生意好的，学书法里跑步快的，跑步中会写作的。后来听周濂讲哲学，他谈到古希腊人最推崇的品质是“卓越”——成为全面的人。它意味着在人的所有品质层面，包括道德、心智、肉体、实践各个方面，都达到超卓的程度。这忽如一剂解药——原来我用志不专，却是走在了全面卓越的道路之上，鬓有微霜，复又何妨。

过去五年，我开通了公众号“德馨慧”，平均每周发一篇文章。我没想成为职业作家，但希望把经历和感悟付诸笔端。我保持每年阅读六七十本书的习惯，虽不求甚解，但也偶尔给读书会和大学生分享心得。我上中欧商学院，读“后 EMBA”，修社科院人文历史课程，随多个知识付费 App 学习美学、历史、写作、经济和政治。过去一年，我开始跑步，科学训练，参加比赛，从五公里、十公里，到半马、全马。我还重拾书法，拜了师傅，勤加练习。2020 年新冠肺炎疫情肆虐，百无聊赖之际，我把过去五年公众号所发有关记录故乡、学业、生活、议论的 20 多万字删修、整理为五六十篇文章，希望在表达和深度上超越第一本书，不枉经年勤笔。

俗话说：上山容易下山难。今后在所有感兴趣的领域继续坚持下去，也继续精进下去，是我对人生道半的回应，也是我下山时的梯子和扶手。感谢故土故人给我的滋养，感谢生命给我的丰盈，感谢家人、孩子、朋友给我的支持。下山路上有尔相伴，幸甚至哉。

目录

旧事

私人醉酒史……004
三叔……009
我的堂兄……033
村庄血案……042
门前有棵槐树……050
五福临门……056
姥姥的婆婆话……061
今年故乡无人絮语……068
小瑞……074
珍珠翡翠白玉汤……078
我的小生意……082
我怎样赚到人生第一个一百万……088
写作的种子……094

闲情

热水器维修简史……102
打脸纪事……106
我不是教你打架……110
怎一个“胖”字让人恨……113
记忆里的年味……117
美好而惬意的事……123
第一次“跑马”……125
跑步与禅修……129
第一次直播……134
茅台的故事……138
关于审美……143
理想的早餐……146
讲究人……152
听一场新年音乐会……155
我的兰花经……162
钥匙的空性……165
愿力……167
致那些渐行渐远的朋友……172
好茶……175
我为什么要写作……178
做个厨子，不亦快哉……181

絮语

父母是用来"折腾"的……186
若有其事与若无其事……190
如何吃不胖？……194
致正被翻篇的一代……197
老板是这样想的……201
我这人就这样！……204
不做原生家庭的"死忠粉"……208
自动驾驶的人生……212
中年失业怎么办……215
手艺人得自由……220
钱，借还是不借……224
新师说……230
中年下半场……233

父曰

谈谈如何住酒店……240
让我们来谈谈钱……244
整洁是内在的尊严……249
你应该知道的餐桌礼仪……253
成长的代价……257

跋·借筏渡岸……263

旧事

醉鸡图
庚子老金石

私人醉酒史

我小时候不懂大人为什么喜欢喝酒，酒又苦又辣，喝多了胡话连篇，撒泼装疯，还寻衅滋事。

这大概是我很小的时候被人灌酒，灌怕了。我家挨着祠堂，后来祠堂改成了酒厂，发酵的酒池就在偏房，每天就闻着浓郁的酒糟味嬉戏玩耍。因为孟姜女河就从村口流过，酒厂生产的一种白酒就叫孟姜古泉。那里是孩子的乐园，看见酒糟被放进大蒸锅，底下烧着煤，锅盖上放着铁皮管子，锅蒸开了，酒精蒸发，再冷却，白酒就从管子里流了出来。

酒厂里还生产另一种酒——格瓦斯，是从俄罗斯传过来的像啤酒一样的饮料。它其实没有酒精，味道醇厚甘甜，是很好的佐餐饮料。格瓦斯用面包发酵，在二十世纪七十年代我们哪里见过面包，眼馋得恨不得嘴里伸出手来。一次，我们几个人去偷面包被抓住，惩罚是喝一杯白酒。七八岁的孩子，一杯高度白酒，又苦又辣，捏了鼻子，一口咽下，呛得眼泪直流，从喉咙到肠胃，如一条火龙进了肚里翻江倒海，不一会儿就头昏脑涨，倒在柴火堆上睡着了。

那杯白酒从此奠定了我的酒量，再也没有升上去。

醉了一次酒，我突发奇想，抓一只大公鸡，给鸡灌酒。看那只昂首挺胸的大公鸡踉踉跄跄、跌跌撞撞，不一会儿就倒地不起。我很快活，原来公鸡喝了也会醉。我忽而又害怕鸡死了，母亲追究起来。不想傍晚它又活了过来，追着母鸡满院子跑。

十一二岁时，我陪父母去卖棉花。卖棉花要排几公里的队，有时候要等一天一夜。深秋夜半，秋风乍起，饥肠辘辘，萧索难耐，母亲便让我去路边小店吃碗面条，三毛钱一碗，她却舍不得吃。小饭店里，一个中年人拿一瓶酒，抓一把花生，剥一颗，喝一口酒，“滋”的一声，一饮而尽。只见他双眼微闭，嘴角咧开，既痛苦又享受。我料定这酒一定很好喝，很想喝一口。

五年级的中秋节，三姨家给了几瓶葡萄酒，喝起来甜甜的，像果汁一样，我竟然偷偷地喝了一瓶。下午摇摇晃晃去上学，我趴在桌子上就睡着了。老师厉声叫我，去黑板上解答问题。我醉眼惺忪地走上前去，一口将那瓶葡萄酒吐到讲台上。老师赶快让一个同学送我回家，于是我在家美美地睡了一个下午。

上初中时我学划拳，以水代酒，凉水灌了一肚子，快要撑破了，被老师抓个现行，在大雪纷飞的教室外站了一上午。如今在某个僵持不下的酒局里，我仍熟稔划拳这门手艺，五指灵活，声震屋宇，“巧七枚，六六六”，引来诸多侧目，只是不再争个胜负输赢，而是小杯浅酌了。

高考完的夜晚，我们一帮人倾尽所有粮票、生活费，买了几样凉菜和啤酒，在我借居的小书店里，不知喝了多少。酒瓶散落一地，奢侈的希尔顿也只剩下空烟盒，东倒西歪，不觉晓色既白。那些青春的面孔，俊朗而模糊，不知道现在散落在人间何处，面容是否依然清秀。

大学里喝酒的预算，有且只有十元钱。两元钱买一盘花生米，水煮、油炸随意（这至今是喝酒标配）；两元钱一盘豆腐丝或海带丝，三元钱的猪耳朵（是否有猪耳朵已经模糊）；两元五角一瓶的光肚儿仰韶（没盒子的玻璃瓶），一共九元五角，不超预算，每周一两次。在某个晚自习，酒瘾上来，两三个人悄悄暗号，买了菜，打了酒，把寝室的桌子拨拉出一片地方，端着一次性塑料杯，每人二三两。不能多喝，多喝也没有。宿舍里七个人，回来晚的人，只能闻着酒和烟混杂着青春的味道，后悔没有早点回来凑上一口。

上班以后，渐渐觉得喝酒是件快活事。一个暑热的傍晚，寻家小店，有糊涂面条、粉浆饭、油饼、小菜。小店在街边支几张桌子，一个大汉光着膀子，拎一瓶酒，坐下要了一个大碗，哗哗倒半碗，端起来，餍足的一口，长舒一口气，似乎一天的疲惫消于无形。酒香顺着傍晚的微风幽幽飘来，我坐在下风口，贪婪地嗅着，犹如电视里的饿鬼一般。

喝酒最忌讳以己之量，度人之腹。创业伊始，有个高中篮球队的兄弟来叙旧。他一米八五，高我一头。就在隔壁老城酒馆，我们点了一锅红焖羊肉，拿了一瓶酒。我自知不敌，暗自揣度，我喝二两他喝八两，差不多。每次倒酒我都给他多倒一些，他也不推辞，一锅肉还没吃完，酒没了。我怯怯地问:“要不，再来一瓶?”声音拖得老长，分明是在投降。哥们儿埋头吃肉，用沉默来回应。硬着头皮，又上一瓶，我一杯碰他四五杯。酒毕，哥们儿一抹嘴，说:“今天喝得还差不多!”然后飘然而去。我伏案不起，被人搀下楼，不省人事。

我做新女婿时，大年初一上门，一帮同辈陪客，左端右让，意在使新婿出丑。坚壁清野，免战牌高挂是为上策，然非我本色。于是，来者不拒，左冲右突，杀敌一千，自损八百。一刻工夫举座皆醉，我也醉卧疆场。我那时拼的是

“将进酒，杯莫停”的年轻气盛，哪顾得上新婿体面。

此后，每逢开业、庆典、庆功、年会、久别、相聚，虽然我三杯就倒，但大口痛饮，豪气干云，却也醉得欢喜自在，意气风发。

后来，我投身中国城市化改造的伟大事业，和各色人等喝酒，有乡干部、村支书、地痞无赖、拆迁户。我每次喝酒，总是一塌糊涂，胆汁和着胃酸一起呕吐。酒后醉卧街头，无处哭诉。我读曾国藩，以书当药，所有不快，打落门牙和血吞，何况区区几杯浊酒下肚。那些年的酒，醉得稀里糊涂，如今回首，真是误入歧途。

人生这杯酒，酸甜苦辣都要尝一尝，没有醉过，怎知醉是什么滋味。

三叔

一直想写写三叔，但总觉得要写得太多，生怕不能传神，辜负了他。谁知道这一拖竟拖了十多年。中国传统要为亲者讳，我没有继承这美德，小时候经常被打板子，现在他们都打不动了，我可以肆无忌惮些了。

2011 年 4 月初，三叔突然脑梗住院。

我去医院看他，一米八几的身躯瘫在床上，头发蓬如秋草。三叔一向风趣，此时却面若灰尘，神志混沌。

几天后，我出差，不放心给他打电话："叔，我是继兴（我的乳名）。"

"啊，啊，你的声我还能听不出来？"声音不似原来洪亮，却还轻松。我心下稍安。

"张孝祥的《念奴娇·过洞庭》，你还记不记得了，我一时忘了。"

洞庭青草，近中秋、更无一点风色。玉鉴琼田三万顷，着我扁舟一叶。素月分辉……悠然心会……表里俱澄澈……悠然心会，妙处难与君说……

三叔真的病了，这首我让人给他写了，挂在中堂上的词，也是他最喜欢的一首，只是此时他已语无伦次。

没病时，唐诗宋词他能倒背如流，随便挑一首，有个线头，他就能拽出一个织布厂。

我的爷爷

这事要从我爷爷说起。

我爷爷六岁就没了父亲。太爷爷被土匪绑票，把家里的牲口和几十亩地都当了，赎人的时候，换回的却是一具尸首，浅埋在新犁的地垄里。绑匪不是故意撕票，而是将他的眼睛蒙上，耳朵塞上，嘴堵上，囚在红薯窖里。他性子刚烈，像个野鸟被关进笼子，扑腾挣扎，活活地给气死了。

太爷爷被绑，不因他是大地主，他最多算个富农，有几十亩薄田，几头牲口。我家遭此一劫，从此沦为贫农。但祸福相依，几十年后，家里没有定成“黑五类”，是不幸中的大幸。太奶奶三十多岁守寡，拉扯四个孩子，日子过得紧巴，几个孩子也没念几年书。

我爷爷是老小，从小缺乏管教，继承了他父亲的暴戾，还多了桀骜不驯的性子，嗓门大得在村东说话村西都能听到。他的坏脾气和高嗓门传给了我父亲，乃至我这一代，可见血脉基因的强大。

据说太奶奶有一次管教爷爷，爷爷就拿着镰把，趁着太奶奶在地里干活儿，从背后猛敲太奶奶的背，把一个新死了丈夫的寡妇气得坐在地里失声痛哭，涕泗滂沱。待顽劣少年长大，成了家里的“暴君”，施“暴政”于一家半个多世纪。他火爆的脾气比麦秸还容易着火。打屁股、罚跪、鞭笞，从光屁股的孙子到三四十岁的儿子，无一幸免。

我爷爷也不是没有值得称道的地方。据说日本鬼子来的时候，征用了我们家的房子。夏天热得厉害，有个鬼子在躺椅上午休，让爷爷给他扇扇子。爷爷当时十来岁，扇着扇着鬼子睡着了，他越扇越来气，拿着扇子猛拍鬼子脑袋，然后转身就跑。鬼子提着枪，一路“八格牙鲁”追着。真是万幸，他跑得快，没有吃到枪子，也算是抗战中打过鬼子的人。

我奶奶是个文盲。新中国成立后国家开始扫盲，隔壁大伯教我奶奶写自己的名字“张福兰”，扫盲结束她都没有学会这斗大三个字。我奶奶脾气好，她嫁给我爷爷后更是没有什么脾气。

我爷爷似乎读了两年书。我小时候写毛笔字，他拿起笔写自己的名字“刘玉钦”，一笔一画，中规中矩的正楷，比我写得好。那是我唯一一次见他写字。

爷爷心眼小，和他哥哥简直不像一个爸妈生的。他哥哥心大无边，塌下天大的窟窿，也是该吃吃该喝喝，把房子赌没了，眼睛都不眨。二十世纪七十年代，我爷爷上街被人偷了十元钱，回来气得号啕大哭。一个子孙满堂的老人，儿孙看了也不敢笑，默不作声，装作也很悲伤。

爷爷晚年没有那么厉害，和蔼了很多。我常常放学回家做饭，烧了红薯给他吃，不再记恨他把我堵在牛棚里用一根鞭子抽打，浑身血痕。那时，我母亲只能在一边看着，不敢阻拦。夜半母亲痛惜不已，起身掌着油灯看我的伤，两行滚烫的泪落下来，滴在伤痕上很疼。我忍着，但还是忍不住哭了。

我挨打，仅仅是因为忘记把牛牵回牛棚。

爷爷 1995 年突然过世，时年七十三岁，身体里有个血栓。放在现在，并不是个大病。但那个年月医疗没那么发达，从发病到去世也就几分钟。

早慧的三叔

就是这么一个半文盲的家里，养了三个儿子。

我父亲弟兄三个，一个伯父，父亲行二，三叔小父亲三岁。

三叔1952年2月29日出生，属龙。三叔后面还有个弟弟，没几岁就夭折了，那个年月孩子不金贵，谁家死个把孩子是常有的事。于是，三叔就成了家里的老幺。

三叔的聪慧很早就显露出来了。

父亲和三叔小时候玩一种游戏，就地取材，用石子和土坷垃当兵做将，在地上画格子做棋盘。三叔常常把父亲杀得片甲不留，父亲颜面尽失，却也束手无策。

后来，三叔在上学通关路上一路折桂，傲视同侪，后辈也无出其右。父亲渐渐释怀，因为有这样的兄弟而自豪。等他有了儿子，他打压和鼓励儿子的一句口头禅就是“你三叔手缝里漏点东西，都比你读的书多”。这句话像一座不可逾越的高山横亘在我面前，又像黑暗中的一盏灯火，让我看到目标。

可三叔上学从不上心。小学是刘氏祠堂改造的，就在家门口，可三叔总是迟到，有时候老师到家里来喊他上课：“小顺（三叔乳名），小顺，上课了，迟到了。”三叔才睡眼惺忪地爬起来。有时候下午也去喊，家里没人，大家猜他跑河里游泳去了。

三叔上学总是丢三落四，不是书丢了，就是笔丢了，再不就是墨水丢了，最后把书包一起丢了。有一次，爷爷去镇上回来，路上遇见三叔，以为他放学了，让他坐自行车回来，三叔只得惴惴不安地上车。爷爷见他手里拿着几棵红萝卜，问他干什么的。三叔吞吞吐吐地说，墨水和笔都丢了，因为丢了很多次，不敢再跟家里要，去表舅家要几棵红萝卜，去集市卖了钱买笔和墨水。表舅听后给了三叔五毛钱买了墨水和笔。爷爷一听，喝令：“下来。”

小学毕业，一个村有一两个人能考上县中学就已经不错了。大多数孩子像我父亲一样就此辍学。三叔上学没个正形，没人想到他能考上，直到别人来家让三叔去学校领通知书，家里人还以为弄错了。东西两村上百个孩子考上四个，三叔就是其中一个。

爷爷诧异自己的小儿上学整天吊儿郎当，怎么还考上县中学了。报到那天，他破天荒地要骑车送三叔，到了村口自行车爆胎了，爷爷没好气地说：“你自己去吧。”

上了中学，三叔需要每天步行几公里去学校。伯父结婚后，伯母做好饭，要喊几遍三叔起床去上学。等到三叔优哉游哉地到学校，通常第一节课快结束了，他索性就在街上晃荡，直接去上第二节课。

初中毕业，三叔赶上“文化大革命”，学校停课。三叔下学去修马路，第二年县中学又开始招生，通知他考试。他从工地到学校，趿拉着鞋，一眼书也没顾上看，匆匆地答了卷，又回到工地干活儿。通知书发下来，在家复习的同学没考上，他却榜上有名。

高中毕业时，大学停止招生，需要工农兵保送上大学。

我家祖上三代也没个背景靠山，三叔就此回家务农。没两年，村里的民办教师缺一个人，三叔高中毕业，在村里已经是知识分子了，就去当了民办教师。他因此快活了好一阵子。

三叔离家多年后，每次回村里，都有当年的学生来找他喝酒，大年初一，也有学生提着酒来给他拜年。三叔教学时村里已经办了初中，他总是教毕业班。

二十世纪七十年代末，高考恢复，参考人数逐年递增，复习资料洛阳纸贵，一书难求。有个远房亲戚在家办印刷厂，所谓印刷厂，不过是个小作坊，弄两台油印机，自己在家印一些复习资料，但没人会刻版。

二十世纪八十年代初，没有印刷机，蜡纸油印是主流的印刷技术。在一张蜡纸上，用钢笔（非普通钢笔）在上面刻字，刻好以后用滚柱蘸油墨一推，蜡纸上刻字的地方，油墨就透过来，考卷就这么印出来，这是当时每个老师都必备的技术。

三叔当过民办教师，刻版是基本功，亲戚就找三叔给他刻版，每张两角钱。

会刻版的人很多，但会刻版还会编辑复习题的人不多。有个族人，复习三年了还没考上，三叔借来教科书，自己边看边编。历史、地理、语文、数学、政治等，涵盖所有学科，三叔成了印刷厂复习资料的总编辑。

打鬼畜
庚子秋

1980年，三叔因为违反计划生育政策，被大队开除了民办教师，每天都回生产队稻地看稻子。他白天去地里干活儿，晚上加班加点刻版。他就着一盏煤油灯，饿了啃一口冷馒头，就一口老咸菜，困了抽一口毛烟，抿一口浊酒。寒夜萧索，冷了把脚跺跺，哈一哈冻僵的手，搓一搓，继续刻。深夜，他听着妻儿均匀的呼吸，夜半还要给吃奶的孩子把屎把尿，有时候不觉天色已白。靠着没日没夜的刻版，仅能聊补家用，一堆孩子，加上计划生育的罚款，日子过得有点揭不开锅。

命运总是在给你关上一扇门的同时，又打开了一扇窗。

1982年，那一届村里学校毕业班，有好几个大队干部的子弟没人敢带。校长想起三叔，把他从田里叫回来，三叔又拿起了他心爱的教鞭。

此时恰逢国家有政策，特别鼓励民办教师通过考试，到师范类学校上大学，转正成为公办教师。

三叔当民办教师十年，人缘好，与世无争，教学成绩也无人与之比肩。校长让三叔去报考。三叔囊中羞涩，连两元钱报考费也没有。校长说我替你交了报名费，你去试试吧。

那年夏天，三叔早上去地里打了农药回来，卸下喷壶，找了辆自行车，去参加考试。到考点已经开考半个多小时，幸好监考是三叔高中的老师，着急地说："刘可智啊，你怎么还这么浪荡，这都啥时候了，赶快进吧。"

进是进去了，三叔没带笔，老师又给他找了支笔。

迟到半小时，却第一个交卷，考试结束铃声还没响。一起考试有相识的人，看到三叔刚从地里回来的样子，不免睥睨他不过是来凑凑热闹。

那年张榜出来，三叔名列全市第一。

三叔是家里第一个通过考试，吃上公家饭的人，也是第一个走出农村，改变自己命运的人。说不上是命运的吊诡还是幸运的眷顾，抑或是多年寒窗编辑复习资料、蜡纸刻版积淀的功力。

三叔上学从没用功过，脑子像一台复印机，过目不忘。多年后，他看到子侄使出吃奶的劲儿读书，也没考出好成绩，有时不免生出“子不类我”的伤感。他二女儿最像他，从小是个“学霸”，有一次和三叔比赛背一首新诗，竟然比不过四十多岁的老爸。二女儿参加高考，三叔除了能辅导他的本行语文，还能辅导数学。

三叔从没为自己的天赋骄傲过。他觉得学习好是老天爷赏饭吃，“有智吃智，没智吃力”，不必强求，只要有口饭吃，怎么都能活一辈子。

多少年后，三叔很感叹，也很感恩。如果不是拼命刻版，练习高考试卷，生疏多年也不会顺利地考上大学。当年给那个亲戚刻版，最后拖欠了800多元酬金。三叔脸皮薄，又沾点亲，不好意思去要，三婶就去要。

亲戚却理直气壮地说："你咋不早来，早来的有人搬机器，有人拉粮食，你现在来啥也没有，还有一头老母猪，你拉走顶账吧。"

那笔巨款可以买好多头母猪，是一个民办教师几年的工资，也是无数个白天黑夜下，吱吱刻版，恨不得手断身残的心血。后来，三叔也是哈哈一笑了之。

三叔中指上厚厚的老茧多年不去，此后看见刻版钢笔都会莫名恐惧。

教书

大学毕业，因为三叔是市高考状元，毕业成绩也优秀，学校老师一再劝说他留校。新乡师范专科学校毕竟是个大学，工资待遇比去县里中学教书要好一些，但考虑到回家教书能照顾家里，三叔拒绝了。适逢县里成立教师进修学校，四处抽调老师，三叔就去报到了。

三叔上课像上学一样，吊儿郎当，散漫成性。他从不做教案，学校检查老师的教案，他像交了白卷的学生，总被扣分。时间长了，校领导都知道刘可智不备课。他上课也从来没用功过。那时候，他是校办印刷厂的厂长，门口小卖铺的老板，还是香烟贩子，唯独不像一个高级教师。

三叔偶尔忘记上课，从外面匆匆赶到教室。上课铃已响了多时，他让学生先自习五分钟，然后悄悄地到第一排学生桌前，要过一个学生的书，问：“上到第几课了？”

学生给他翻到某页，他瞟了一眼，把书放下，好了。他把那一课，从年代、人物、背景、手法、历史脉络，纵横交错，庖丁解牛，如数家珍，有时是娓娓道来，如涓涓细流；有时如大河奔腾，滔滔不绝。

谁也不知道三叔肚子里究竟装了多少东西。一本厚厚的《诗经》，很多学生尚不能把音读准，三叔却能倒背如流。只要牵出一个话头，就像大河决堤。豪放派，代表人物、代表诗词、创作年代、传承关系，苏东坡、贺铸、辛弃疾、张孝祥……信手拈来，犹如多年故友。老师讲得如颠如疯，学生听得如醉如痴，不觉下课铃已响多时。

多年后，三叔的学生提起他上课，还是一脸痴相：“刘老师上课，啧。”学生轻轻摇摇头，不知如何表达。学生都记得他大段背诵古文的场景，抑扬顿挫，激情饱满，俨然千百年前的作者在吟诵。

期末全市教学比赛，三叔教的汉语言文学得分最高。他闲下来也做学问，考了本科，论文发表在核心期刊上。

三叔第一批评上高级教师，相当于副高，是学校最年轻的高级职称。报评时，他把所有评审资料丢在出租车上，大家都以为没戏了。三叔准备去电视台登个广告试试，走到半路接到教育局电话，出租车司机看到他的资料，直接送到教

乐天知命古来谁会
行藏用舍人不堪忧一瓢自乐贤哉
庚子春
金石作

育局了。真是有福之人不在忙。

三叔终究不是个老板

教师进修学校在市区边上，三叔也难得照顾家里。刻版已经被印刷机替代，不能再干了。学校有个门房，三叔就在门房里开了个小卖铺，三婶去打理。有的学生不明就里，和三婶说：“你看那个老头，别看邋邋遢遢，讲课可好了。”

三婶问：“你看他有多大岁数？”

学生：“咋也得五十多岁吧。”那时三叔也就三十四五岁，岁月过早地把他磨砺得像一个老头了。

二十世纪八十年代中期，什么都缺。一个教书先生，下课后去烟草公司批点烟，做点小生意，竟然赚得比工资还多。凭着这点收入，三叔家的日子渐渐活色生香起来。

学校有内部印刷厂，效益一直不好。“要想发，搞印刷”是那时发家致富的顺口溜，三叔就把印刷厂承包了。三叔是厂长、排版工、校对、业务员、采买、会计、修理工、质检员，全工种；三婶是后勤总务、厨师、送货员、装卸工、监工及老板娘；孩子们就是“童工”。幸好那么多孩子，像一支队伍，赶工出活还省费用。一到晚上，一家老少加班加点，在家糊纸盒、贴标签、装箱、打包，经常干到半夜。

伯父家的堂兄堂妹也去厂里当学徒工。后来，堂兄和三叔就学徒工什么时候熬成师傅闹了点小别扭。堂兄也一直吃印刷这碗饭，至少是师傅领进了门。

后来，印刷厂发展到几十号人，红红火火，风光一时无两。三叔也风生水起，买了十四寸进口松下彩色电视机、双卡录音机、电冰箱、洗衣机。那是村里的第一批洋玩意儿。我们家里都没有电视，一群孩子都到三叔家看，电视不说再见不回家。三叔一扫多年晦气，录音机里经常放着“万里长城永不倒，千里黄河水滔滔”“我是一匹来自北方的狼”，还有邓丽君软绵绵的声音。

三叔为人好，市场好，生意好。我觉得三叔快成企业家了，不，那时候不时兴叫企业家，都叫老板。不过，他是个浪荡性子，大大咧咧，稀里糊涂，不像个老板。

印刷品出来了，三叔去给人家送货。人家验货，信纸一百本，他送了两百本。人家说：“要了一百本，怎么印了两百本？”

三叔说：“啊，慢慢用，慢慢用，不急，不急。”

打开一看，人家是“某市化工总厂”，他错给人家印成“某县化工总厂”。

人家说：“印错了，把市印成县了。”

三叔说：“市和县，差不多，差不多，凑合用吧。”他一个教语文的高级教师，怎么会分不清市和县差多少。

很多时候，人家不好意思不收货，因为“人家”是他的学生、同学、好友。

印刷厂几十号人，人吃马喂，耗材成本，经营管理，现金往来，没有会计、出纳，都在三叔随身一个小本本上。家里的柴米油盐，吃喝拉撒，用度开支，也都在那个小本本上。小到给孩子买了根铅笔，大到收了一笔货款。那是他艰苦岁月养成的习惯，精打细算，量入为出。

三叔的数学可以辅导高三的妹妹，但经营一个工厂，却是一笔糊涂账。二十世纪八十年代，人与人之间的交流主要还是靠信件，邮政编码刚刚推行，编码本一时洛阳纸贵。三叔抓住商机，大本小本印了一仓库，卖完至少能当两次“万元户”。谁知道货还没发，工商局、邮政局的人联合执法，把一仓库的货都给扣押了，差点把三叔也抓走。邮政编码是邮政局专属印刷品，其他的都是非法盗版。三叔哪里知道这些，他知道历史上有盐铁烟酒专卖，不知道邮政编码也是专卖。

三叔态度好、为人好，人不知不为过，邮政局没有追究他的责任，印刷物统统没收销毁，最低罚款两万元。

三叔差点倾家荡产，“一夜回到解放前”。

三叔不愁，他好像从来没愁过。酒照喝，曲照哼，猪头肉照吃。只是印刷厂的生意慢慢地不如以前。从几十个人到几个人，把机器从工厂搬到民房，从民房搬到家里。靠着三叔一些老关系老朋友，不时还能找一些小活儿，三婶和孩子们在家忙活忙活，基本维持小康，也都把孩子们供到了大学毕业。

三叔终究不是个老板。

三叔善饮

三叔上高中时，每天走读。有天回家，家里来了两个客人，是伯父的同好和大队的会计，在家里等伯父回来喝酒。伯父当时是村里的副书记，风头正劲。那个年月吃饭都紧张，喝酒就更奢侈了，最多也是去供销社打散酒，喝个“一毛辣”。那天不知从哪弄来一瓶酒，几个人稀罕得不行。大队会计爱开玩笑，见到三叔回来就招呼他：“小顺，来来，如果你能把这瓶酒喝了，我再去买两瓶。”

三叔看看，二话没说，把酒倒了一碗，一仰脖子，咕咚咕咚，一口气喝了。他把嘴抹抹，一口菜没吃，走了。

剩下的两个人你看看我，我看看你，大眼瞪小眼。

想来那瓶酒比现在的一瓶茅台要金贵，但往哪儿买啊？

那场酒不知怎么收场，后来再也没人劝三叔喝酒。三叔喝酒还没出道，已经有了江湖地位。

三叔似乎从没发愁过，在最灰暗的日子，酒是最好的慰藉。眼看没米下锅了，三婶发愁日子怎么过。而三叔只要有书有酒，就一口老咸菜，也能喝出几分醉意。只要有酒，没有什么日子是过不去的。

我逢年过节去看三叔，他不看成箱成包的礼品，目光总是落在我拿的酒上。我拿些好酒，嘱咐他酒很珍贵，留着自己喝。转过两天再见他，他说已经和一帮朋友喝完了。他才不会独享呢！

几十年后，医生劝三叔戒烟。他抽了一辈子，从旱烟袋到卷烟，写文章、刻版、看书，手不离烟，戒烟谈何容易，但他说戒就戒了。

但对于三叔来说，戒酒，那还不如戒饭。

喝了酒，三叔就像个孩子，手舞足蹈，憨态可掬。他在孩子们面前没有架子，他的好脾气像我奶奶，似乎从来没有发过火。

三叔有病后，三婶担心他，不让他喝酒，但他一副“死便埋我”的样子。倘若刘伶在世，他们一定是最好的酒友。

散淡人生

三叔一辈子与世无争，随遇而安，无拘无束。他在学校业务强、人缘好、酒量高，党内人士要他入党，学校领导多次明说暗示，要他进步。

三叔：“哈，喝酒，喝酒，干杯，干杯。”很像阮籍面对来提亲的司马昭，先把自己喝醉。

学校领导找到他:“刘可智，你填个表，推荐你当政协委员。”

“哎呀，让别人当吧，我不够格，我忙，我忙，家里油瓶多。”

别人争着抢着，他推着让着，实在推不开，勉强当了一届。他不喜欢开会，也不喜欢提案。

二十世纪八十年代中期，县里有个领导，想要个秘书，有人推荐三叔去。领导见了他很对脾气，要他过去。他若去了，现在说不定也能有个一官半职。他同学在县委办公室工作，三天两头地来劝他，摆了几场大酒，他磨不开，去了三天。公文案牍，样板文章，他喝高了也能三下五除二，不在话下。只是每天鞍前马后，迎来送往，虚与委蛇，他做不来。他像林子里的鸟，自由自在，在笼子里放一盆谷子，他也不来，哪怕有时候饿着肚子。他懒得操心，有三两小酒，一碟花生，半斤肥肉，日子就过得像神仙。

退休后，三叔是骑游协会的主力，他骑行如风，骑着自行车跑了几千公里。有一年，我和三叔一起去串亲戚，路上无聊，三叔说比赛骑车吧，我们兄弟使出吃奶的劲儿也撵不上他。他哼着小曲，一路歌唱，四十岁的人，却像个孩子。

得病

孩子们渐渐长大，一个个像小鸟飞出了巢。天南地北，一年都难得一聚。

三叔三婶有时候像候鸟一样，在四个姑娘和儿子家挨个住些日子。孩子多，孩子们的孩子也多。生孩子都是接二连三，三叔三婶就去帮着照应。逢年过节一大家人，庞大得像一支队伍。三叔乐在其中，多子多福。

2011 年 3 月，三叔的小女儿在北京生孩子，三婶去照顾。三叔懒散惯了就没有去。

三叔没了管束，酒场更加频繁。那天他和朋友喝了点酒，早早地睡了。他半夜突然发病，从床上摔下来。他本想自己打电话，但电话在客厅。恰好手机在衣服口袋，平时一次触键就开锁的手机，他费了三个多小时，凌晨五点才拨通大女儿的电话。等大女儿赶过去把他送到医院，最佳的治疗时间已经错过。

三叔在医院治疗了几周，落下了偏瘫，左侧身体不能活动自如，一瘸一拐。到了年底，他稍稍好些，二姑娘好心让他去北京，本来打算去马来西亚过年，但他再次犯病，散完步竟找不到回家的路。我去医院看他，连我也认不出来，总是叫错名字。医生说他前额叶皮层受损严重，影响了语言系统。

还好三叔慢慢恢复了，能正常活动，只是不能和以前一样骑着自行车，像鸟儿一样四处飞翔。他一度计划骑车走遍全国各省，如今只能拖着残躯在小区周围走走。

一天，听一个朋友说，看见三叔在自行车棚里走过，用手抚摸每辆自行车。车上沾满灰尘，他一瘸一瘸，一路摸过去。

我与三叔

从小三叔之于我就像神一样的存在。

印象里三叔什么都会，会吹笛子，拉二胡，通晓音律，能识谱，修理收音机，还是个大力士。他单手抓起板车轮子，像举杠铃一样，一次可以举几十次。他把我抛到空中接住，就像我常常把三岁的女儿抛起来，听她咯咯地笑。

小时候，家里有一本家谱，除了刘氏宗亲的名字，还有长长的序文。序文是三叔用文言文写的，四六骈文，文辞优美，对仗工整。一个四五年级的孩子虽还不能读懂，但我知道三叔和东院的大伯是家谱的编辑，他们两个都是学校的老师，深受族人尊敬。我心里想，有文化真好。

我从小看着父母早出晚归，没日没夜地在田里劳作，早早就尝尽农活的艰辛，苦日子似乎永无尽头。父亲犁地耙地，牲口不知道道路，需要人牵，我七八岁就去给父亲绑牲口，被倔强的牲口带得东倒西歪。父亲大声吆喝：“吁，吁，吁，歪了，歪了！”鞭子不是总抽在牛背上，有时候也抽牵牛的人。

而逃离那片土地，除了像三叔一样读书，别无出路。

三叔带我第一次走出村子，看见外面的世界。我第一次进城，是坐在三叔的自行车上，说要带我去动物园。从村里到市里，惊奇地看见一路上不时有人和他打招呼。“可智好”“刘老师好”，还有挥手致意的。动物还没看见，倒是见了很多人。

我上高中一年级时，有一次去三叔的学校，晚上睡在三叔的办公室。办公桌上有一本《宋词三百首》，我爱不释手。三叔见我喜欢，用他一贯豁达欢快的声调对我说：“拿走吧，拿走吧。”他才不管书上赫然盖着校图书馆的红印。

那阵子的清早，学校操场上就多了一个家伙，摇头晃脑，大声背诵“碧云天，黄叶地，秋色连波，波上寒烟翠”“世事一场大梦，人生几度秋凉？”“多情自古伤离别，更那堪，冷落清秋节！”“三杯两盏淡酒……怎一个愁字了得”，那正是我“为赋新词强说愁”的年纪。

我即将高考，三叔去学校看我，拉我去街上打了一顿牙祭。临行前，他给我一张百元大钞。我每周五元的生活费，一百元差不多够我花半学期。突来一笔横财，我的脸都阔了，吃肉、喝酒、买书，抢着买单，好不奢侈快活。

我后来终于像三叔一样去外面读书，逃离了捆绑几代人的黄土地。我对读书的执念，对文学的爱好，慷慨豁达，广交朋友，影影绰绰都有三叔的影子。

生命里总有人有意无意地成了你的灯塔、标杆和尺子，给你光照，给你方向。你以他来衡量自己，你也有意无意地成了他。很难想象如果没有接受教育，三叔和我，是否和爷爷、父亲一样，除了一辈子被禁锢在土地上，还被禁锢在暴戾和愚昧之中。正是身边有人走出了一条路，我寻路而来，才走到了今天。

我家表叔数不清
庚子冬金匠作

我的堂兄

父亲弟兄三个，他排行老二。伯父是村里的民兵连长、党支部副书记，能提笔，口才好，性豪爽，能喝酒，擅划拳，会唱戏，长得帅。在样板戏火红的年代，伯父唱过很多角儿，每逢唱戏，三里五村的都来看，在二十世纪七十年代是个地方名人。他在村里很吃香，用夸张点的话说——是村里冉冉升起的一颗“政治明星”。

一

堂兄大我两岁，属猪，1971年生，是家族的长孙。那时候还是大家庭，三世同堂，一大家子十几口人住在一个院子里。我父亲是老实本分的种地人，那时候在镇上的水泥厂当临时工，每天步行十几里路去上班。三叔是村里的民办老师，一肚子墨水，刚刚结婚，还没有孩子。

大家庭里忽然有了孩子，还是个男孩，在重男轻女的传统家庭，是值得庆贺的事。加上伯父风头正劲，堂兄一出生自然就成了全家的宠儿。

及至两年后我出生，家里的孩子多了起来，我奶奶兜里已经没有多余的糖豆哄人，满院子跑的孩子已经快一个班了。记得每天一早，我跑到西屋叫了堂兄，站在门口的台阶上比尿尿，看谁尿得远，尿得高。我没他年龄大、个子高，每每落于下风。

二

堂兄的嘴很巧，很早就会说话。二十世纪六十年代末七十年代初，全国上下唱样板戏，大队里也组织了戏班子。伯父是台柱子，家里自然成了戏班汇聚的地方。堂兄耳濡目染，很快就学会几句台词，唱几句《红灯记》:“我家的表叔数不清，没有大事不登门。”虽童腔稚口，却总能惹得大家欢喜。

伯母又生了一个女孩，和我同龄。我母亲上地劳作挣工分，有时候回来得很晚，我饿了，就跑去央求伯母吃她几口奶。后来，那个妹妹不幸夭折了。二十世纪七十年代初，农村医疗条件差，养个孩子不像现在这么金贵，野地里经常有裹着襁褓死去的小孩。

二十世纪八十年代初，计划生育管得很严，多生一个孩子，生产队就不分粮食。三叔生了三个孩子，大家庭不能分粮食，只好分家。分家时，家里请了主事的来抓阄分宅基地。因为伯母闹着要住老院子，弟兄妯娌间闹得多少有些不愉快，但很快也就过去了。

伯父一家搬到新宅子，那里有个院子，是我和堂兄童年的天堂。伯父当过民兵连连长，家里放了一些宝贝。我们趁伯父不在家，常常从箱子里偷拿他的宝贝：手枪、匕首，还有日本鬼子的刺刀。挎在身上，真神气，是奥特曼和变形金刚玩具不可比拟的，那可是真刀实枪的家伙。

堂兄大我两岁，我像个跟屁虫一样跟着他们那一帮小伙伴。有时候去大队部混，有时候去偷大队罐头厂的罐头，有时候一起去邻村看露天电影和录像。

上初中时，堂兄和我都在邻村的学校。我上初一，堂兄上初三。有一次，我把邻村一个家伙打了，那家伙去叫他父亲，他父亲气势汹汹地来学校找我。堂兄闻讯赶快跑到我们班上，把我的书包藏起来，让我跳窗户跑了。

三

伯父不到二十八岁就患了帕金森症，刚开始还能独自在院里走走，后来就一卧不起，二十多年来一直需要人照顾。那些年，伯母带着伯父遍寻名医，去过北京住院开刀，有时还吃些巫医土方，耗尽财力，仍无法遏制病情，整个大家庭心力交瘁。三叔在外面教书，见过些世面，带着伯母东奔西走，搭上不少路费、粮票、人情。父亲不会干别的，把伯父一家十几亩地几乎包种了，加上自己家的十几亩地，每逢农忙，几乎把人和牲畜都累倒，二十多年如一日。

伯父的病拖累得家里一贫如洗，加上还有两个妹妹，堂兄初中还未毕业就辍学了。他的班主任尚老师后来也是我的班主任，尚老师教了我家两代人，对我说："你们家，你三叔最聪明，传涛（堂兄学名）其次，你不如他。"一年过年，在三叔家吃饭喝酒，三叔说你们比背唐诗，背得多有奖，我好像从没有赢过。

辍学后，堂兄去三叔的印刷厂当学徒工。三叔为了养家糊口，承包了学校的小印刷厂。那是铅字排版的年代，堂兄就在厂里学排版，修理印刷机，干些杂活儿，慢慢地学了些手艺，每月几十元。某年，我已经上高中，去三叔厂里，堂兄给了我五元，那是我一星期的伙食费。

后来，堂兄和三叔闹别扭，说工资少，活计多。爷俩儿因为该给学徒工资还是给师傅工资，唠叨了好几年。没几年堂兄自己出来干，借着三叔的厂和机器拉些小活儿，勉强糊口。

四

家里有个常年卧床的父亲，厢房也是伯母东借西凑，欠了一屁股债盖起来的，到了堂兄该结婚的时候，却没有多少人提亲。那时听说他在印刷厂谈了个女朋友，不知是不是因为伯父的事后来吹了，晚了几年才找了堂嫂。

堂兄刚结婚那几年，日子也算平平稳稳，生孩子，办喜面，也算顺当。侄女几岁的时候，伯父终于油尽灯枯，熬尽了一世的苦。

伯父过世不久，伯母就突发脑溢血，落得半身不遂，期初也能扶着墙在院子里来回走走，后来病情加重，卧倒床头，亦不能自理。我回老家去看她，逼仄的小屋里，弥漫着一股尿馊味，墙上被她那只好用的手抠得斑斑驳驳，前襟上沾着饭渍，目光呆滞，言语迟钝。伯母爱我们这些子侄，待我和堂兄不分亲疏，家里有好吃的总是托盘而出。她一辈子有一颗要强的心，可惜没有要强的命，拖得几个子女端汤喂药，伺候了几年。

堂兄的两个妹妹都相继出嫁。伯母过世后，堂兄有两个孩子，一家四口，自己拉点印刷的小活儿，嫂子打些零工，虽然日子过得还是紧紧巴巴，但相较以前，日子舒畅了许多。

五

没过多久噩耗传来，堂嫂检查出了尿毒症。堂嫂有家族遗传史，她父亲和两个哥哥都因尿毒症英年早逝，这次轮到嫂子。拿到医院的通知书，堂兄四下茫然，欲哭无泪，大醉一场。尿毒症需要换肾，2005年需要十来万元，对于一个没有什么收入的家庭来说就是笔天文数字，纵使变卖所有家当亦杯水车薪。多年来，家里已经遍告亲友，四面求援，亲朋亦多是平常之家，到了此时，似乎到了穷途末路。

整个家族竭尽所能，凑够了一笔手术费。堂嫂那年换肾配型很好，手术成功。虽然花了一笔天文数字的费用，后续还需每月服药维持，总算没有人财两空，两个孩子还有妈妈，还是个完整的家。

堂嫂做手术时正赶上过中秋节，我拿些月饼给堂兄，说你买些月饼也不用多贵重，到各个亲朋那里去走走，也算聊表谢意，但他好像从来没有走动过。那么多年，也不曾见他拿过什物感谢那些亲友，大约是穷怕了。有时，穷是种心病。

六

我毕业参加工作，每逢过年过节，总是给堂兄送一些烟酒和年货，时间一长便成了惯例。每年春节前两天，我回老家，他没事都来家里坐坐。我也不多说，他也没话说，拿给他两条烟、几瓶酒，他也不客气搬着就走。堂兄遗传了伯父的大酒量，嗜酒，能划拳，没事总爱喝两口。大年三十，他在家里草草地吃了饭，跑来坐下，打开一瓶好酒，倒上一大杯，啧啧品几口，说："嗯，好酒。"

有一年春节，我让侄女搬走了年货。没多久，侄女又回来对我说："叔，俺爸说还没有给烟。"

我一时气塞。这么多年命运多舛，而堂兄自己也多不争气，嗜酒成性、好吃懒做，没有"囊气"（河南方言，即志气、骨气），亲朋好友亦哀其不幸，怒其不争。

七

2007 年 12 月，隆冬时节，夜半忽然一阵电话铃响，一家人从睡梦里惊醒。电话是堂兄的表弟辗转打来的，说赶快回去，他下夜班半路上看见有人倒在路边，摩托车撞到树上，人磕破头了，好像是堂兄。

母亲闻讯，预感不祥，坐起来喃喃不住："苦命的孩儿呀！苦命的孩儿呀！"

我们匆忙地穿了衣服，赶到现场。深冬夜半，奇寒无比，路上没有一个人。马路一边，摩托车倒在地上，旁边趴着一个人，从穿着可以看出来就是堂兄。翻开身，手电照去，一张熟悉的脸贴在地上，满脸灰土，乌紫发黑，嘴角、鼻子、耳朵满是血污，双眼紧闭，已经冰凉。

那个晚上很冷，出奇的冷。

夜半一一通知族亲，找来一辆三轮车，把堂兄拉回家。家里人先去安抚堂嫂，先说是出了车祸，有些重，慢慢再说人不在了。那一夜，只听见孤儿寡母撕心裂肺的哭声。

两个孩子，侄女十一岁，小侄尚自五六岁，看着堂兄躺在门堂内，不知爸爸已去，只见一堆人跑来跑去，痴呆呆的，一言不发。

安排妥当，已是四更天，去通知三叔。敲开门，说堂兄遭了车祸。三叔仰面垂泪，哽咽难言，叫着堂兄乳名，连声轻骂，不能自已。

事后得知，堂兄去借钱还账，和朋友喝了几杯。依他酒量不至于大醉，许是心情烦闷，回家路上蹭着一个人的自行车后尾，继而撞在树上，头磕到要害之处，时年三十六岁。

葬礼过后，一群亲朋相对而坐，默默无语。堂嫂每月需要一两千元医药费，不能干重活儿；孩子尚小。所谓救急不救穷，这放在谁身上都是一副不小的担子。亲友们该帮的都帮了，该捐的也捐了，日子还要过。最后，我提议大家再兑十万元成立一个基金，每年有15%的利息回报，每月支付，直到孩子长到十八岁，这样大家不用每年增此负担，众人一时释然。

那年春节，大年三十，侄女来我门里，我随口对她说：“去，去叫……”我本想说，去叫你爸来喝酒。

村庄血案

我的老家叫北宫村，二十五年前，发生过一起血案。血案改写了村子和诸多人的命运，也改写了我的命运。

北宫村是豫西南的一个小村庄，一千多口人，回汉杂居，商氏是村里的第一大姓。

村里一直有重商的传统。从我记事起，家门口就是一家酒厂，改造自商氏祠堂，生产昭君出塞酒和一种叫格瓦斯的饮料，风靡一时。除此之外，村里还有造纸厂。到了二十世纪八十年代中后期，更是如火如荼，村子里先后又创办了化工厂和淀粉厂。

村子富裕了，大家都想当干部，难免暗流涌动，大户之家相互觊觎。大队干部的人选要考虑民族和大户人家的平衡，微妙而复杂。

原来的村干部无能无为，镇政府为了维稳人际复杂的村落，急需一个“强权”人物。后备村主任年纪尚轻，需要历练，镇里便把目光集中在镇土地所所长商有弘身上。一来他有魄力，堪当此任；二来他是北宫村的人，他父亲曾是村里老一辈的村干部，有一定的威望。到村里做两年村支书，带一带后备村主任，他是不二人选。

1995 年年底，商有弘到北宫村当村支书。他在镇政府工作多年，一副好口才，一股倔强劲儿，身材魁梧，仪表堂堂，正值壮年，敢作敢当。

商有弘和我都是商氏宗亲，属同一个辈分。他家离我家不远，他家弟兄三个，母亲很厉害。农村元宵节有个“偷娃娃”的习俗，到娘娘庙偷了泥娃娃给新婚的夫妇，讨一个早生贵子的喜。商有弘的妹妹是学校老师，那年刚结婚。我少不更事，和一个兄弟偷了泥娃娃给他妹妹，送到他家后，不但没有讨喜，反而被他母亲骂了两条街。原来泥娃娃只能给婆家送，不能给娘家送。我从此躲着他家门口走。

那时候的村里，和北方大多数农村没什么两样，每逢雨雪天便到处泥泞不堪，西街的屠宰作坊比较多，夏天更是臭气熏天。

商有弘当村支书后，每天早上早早就听到他在高音大喇叭里讲话，一说就是个把钟头。村里大事小情，街道卫生、家庭矛盾、赌博酗酒、外面的形势、村里的发展、鼓励农副业等，不择话题，不打草稿，有什么说什么。有时候像唠家常，有时候像训话，不知道罗斯福的炉边谈话是不是就这么说的，反正每次都很鼓舞人心。

商有弘在喇叭里说完就到村子的大街小巷走走。当时，农村不讲卫生，乱丢垃圾，积习已久。他看见了就直接搳人，当成喇叭里的反面典型；有做得好的，也挂上小红旗。村里的面貌很快有了改观。连污水横流、粪便满地的屠宰作坊也变得规范起来，最难剃的头也“缴械”了。

商有弘的脾气性情像他母亲，说一不二，口气很满，偏执而倔强，得罪了不少人。但他不怕，从没服过软。时间长了，大家也都怕他。

由于在外面工作过，商有弘比老一辈的村干部更有见识。到村里工作没多久，他就把叫了千百年的北宫村改为集富村，意为集体致富。

商有弘脑子活泛，和政府内外的人也熟识。到村里之后，他先后创办了饲料厂、养殖场、化工厂。加上一个原来的村办企业，村里已有六七家工厂，一时间红红火火。

那几年是村子里最幸福的一段时光。村民农忙之余可以去村办企业上班，没去上班的可以搞一些养殖或小的加工业，家里有两份收入，自然比其他地方的人宽裕一些。集富村的人多少都有些小小的骄傲，也就没有人外出打工，即便没有考上学，也有一口饭吃。

每年春节，大队给家家户户置办过年福利，鱼、肉、油、米，人人有份，孤寡老人也有相应的照顾。其他节日，村里还组织村办企业打篮球、拔河，大家其乐融融。

1997 年，集富村被市里评为第一批小康示范村，镇政府敲锣打鼓地来村里挂了牌，四区八县的人都来观摩学习。

1996 年 7 月，我高中毕业，名落孙山，整个暑假都在村子里的饲料厂干活儿。酷暑中，我穿着裤头，光着膀子，每天在热气腾腾的饲料堆里用铁锨翻晒、装袋，搬运几十吨的饲料。挥汗如雨的短暂间歇，我琢磨着自己是去复读，还是去村办企业上班。我去复读未必能考上哪个名牌大学，即便考上了，不菲的学费也是父母巨大的压力。一个暑假，我都沉浸在外出上学的憧憬中。而早年毕业的同岁发小有的已经是厂里的业务尖子，收入不菲。也有同侪私下说，争取在村里混出个头脸，将来当个大队干部。

恰巧商有弘的一个提议，让我的命运在此转了一个弯。

商有弘提议，从当年的高中毕业生中挑选几个人委培上大学，由村里出钱，毕业后再回来村办企业上班。我被选上了，觉得像做梦一样，除了对他的感激，还有敬仰。

临行前，我到商有弘家辞行，给他写了一封长信，拿了一点微薄的礼品。他鼓励了我很多，说将来学成回来为村里效力，而他是镇里派来临时主持工作的，还是要回去的，你们才是村里的希望，等等。那一刻，我觉得自己在村里前途无量。

寒暑假回家，商有弘都会叫我聊聊，我感激他对我的知遇，筹划着毕业后回家大干一场，但他仍然流露出还要回镇里工作的意思。

1994 年寒假，我回家过年，村子里一如往昔，整个春节热热闹闹，但热闹背后似乎隐有不安。人们在茶余饭后，常常窃窃议论一个话题，说商有弘和宁姓天长的媳妇好上了。

这户宁姓人家的户主叫宁富贵，却并不富贵，家里穷得叮当响。他家还是独门小户，人穷志短，常常像个受气包。村里照顾他，让他给村里拉垃圾，大年初一也不休息。

宁家的三个儿子也没什么出息，二儿子患有癫痫，十几岁就死了；大儿子叫天长，没读过几年书，是个老实人，快三十岁了也找不到媳妇，眼看就要打光棍。有媒人瞌睡时，他给人家递来个枕头，媒人竟给他说了一个漂亮媳妇。媳妇是漂亮，但和人未婚先孕生了个孩子，生下孩子就送人了，黄花姑娘坏了名声，一时找不到婆家，只好找了天长。婚后夫妻恩爱，生了一个男孩。

商有弘和天长媳妇的流言蜚语，在村里传得沸沸扬扬，还有鼻子有眼。一个小村，从南头走到北头不过一袋烟工夫，鸡毛蒜皮的事都能被添油加醋，说得活灵活现，更何况是村支书和一个“风流”媳妇呢。

偏巧天长这时出了事。天长在村里的淀粉厂烧锅炉，他趁天黑偷了淀粉厂的东西，被发现了。商有弘拿这事当了反面典型，让他拉着平车装着赃物在村里游街。有人就说天长知道媳妇和商有弘的事，虽然抓住过一两次，但没有胆气撕破脸，这时又被商有弘拿住游街，是窝囊到了头。

正月十三，春日晴和的午后，我在纸厂二楼的大队部和两个长者聊天。一位德高望重的长者提及商有弘和天长媳妇的事，说再这样下去恐怕会出事，这公开的秘密已经是一种不祥之兆。

我们正说着话，忽然听到楼下有人骚动。出门一看，是天长，手里拎着一把菜刀，脸上血迹斑斑，像刚从村里某个宰牛作坊出来。

天长拿着菜刀，一刀砍在纸厂的铁门上，怒声大喊：“我把商有弘杀了，把头给他砍了。”一个大队干部心惊胆战地上去，客气地让他把刀放下，到大队慢慢说。

我赶快去给村主任报信。村主任的父亲刚刚过世，即将出殡，他在灵前守孝。我去叫他，说商有弘出事了，头被砍了。他一脸惊诧，又问了一遍，我说头被砍了。他迅速脱了孝衣，说赶快过去看看，看看还有救没救。

一行四五个人，一路小跑到天长家，只见院门紧锁。只有我一个小伙，翻墙进去，打开大门，到屋门前掀开门帘一看。一具尸体赫然在目，身体在沙发边，头在另一边。滚落的头头发蓬乱，血肉模糊，容色难辨。

后来，天长在大队部说，他回家撞见商有弘和他媳妇在家，两个人一言不合吵了起来。他一气之下，顺手操起案板上的刀。商有弘人高马大，天长身材矮小，两个人真打起来，未必致命。但商有弘一向口气强硬，把脖子伸向对方，头抵着天长，说："你还敢砍我啊？你砍，你砍！"一向懦弱的男人血脉偾张，一刀砍下，血溅三尺。

那媳妇在一旁已经吓傻了，等醒过闷儿来，跑出屋门大喊"杀人了，杀人了"。倘若不跑，怕是砍了两颗人头了。

那天下午我本来约了原来高中校队的一帮同学和村篮球队打一场比赛。村里人聚集在球场上等着看比赛，听到噩耗，都散了。

晚上村里请了县里的法医，费了很大力气才把头和身子缝上，法医鉴定说砍了七十多刀。当天晚上，尸体就装了棺材。正月十五元宵节，寒风凛冽，一片肃杀，丧事简单得连花圈都没有几个。商有弘的两个孩子尚未成年，不久他媳妇带着两个孩子改嫁了，再也没有见过。

后来，天长被判入狱十八年，媳妇也改嫁了。前些年他从监狱出来，春节回家遇见他，俨然是个老头了。

商有弘死后，村里群龙无首，赶上二十世纪九十年代中期，村办企业集体没落，日渐凋敝，几年后也都烟消云散，剩下一摊烂账，无人问津。

因为村里的乱象，我毕业后也没能回去，而是外出闯荡。年轻时的报效知遇之恩，学成回来大干一场，振兴村落，也成了心底一个曾经的梦。

我逢年过节回家上坟，有时候会到商有弘的坟前，烧一把纸，放一挂炮。那坟孤零零地远离祖坟，已经是蒿草丛生，湮没其间，难以辨识了。

门前有棵槐树

门前有棵槐树，我小时候，伸开手也抱不过来。树龄有多少年，我父亲也说不清楚，他小时候那棵树就在，谁栽的已不可考。

老槐树就在门口的胡同边，粗壮的树干，遒劲向上，树干和房顶一样高，树冠葱郁茂密，像一把大伞遮住整个门口和胡同。一棵槐树也能是一个乐园。我能像猴子一样爬上树，顺着树干爬到房上。有时候，我从过道顶棚一跃抓住树枝爬到树上，再顺着树干溜下来。我父亲没有看见，看见了的话，我会挨板子。他没有板子，通常是脱下鞋，用鞋底打我的屁股。

有一年秋天，我爬上屋顶，看见槐树居然开了花。虽然只有几朵，但一年里老槐树开了两次花，真令人诧异。

门口向北，是条胡同；向西，也是条胡同。胡同北边是三爷家，东侧是大爷家，西边是大大爷家。老屋是间西屋，背后也是胡同，胡同里住着世贵爷一家。那一片除了世贵爷姓王，其他的都是刘氏的本家。

一年中的大部分时间，左邻右舍吃饭，男人们都是一手端碗，手里夹着馍，一手拿着筷子，碗里盛着玉米糊糊，上面一撮咸菜，到门口槐树下乘凉吃饭。来得早的搬两块砖，在旁边坐下，坐累了就靠着槐树。来得晚的蹲在地上，有时候也搬个小板凳坐下。喝一口粥，掰一块馍，就一口咸菜。吃完饭就把碗放在地上，聊聊家常和农事。

谁家也没什么好饭，早晚饭是糊糊，中午是捞面条，糊涂面条、汤面条。因为不种水稻，谁家也难得吃顿大米饭，偶尔吃顿米饭是熬一锅菜，用粗瓷大碗铲一碗米饭，在上面搁几勺菜。吃肉是过年过节才有的事，一锅菜偶尔能翻出一两片白花花的肥膘。

每年四月底，槐花开了，这时候就像蜜月，很远就能闻到它的清香。找一根粗硬的铁丝，用火把铁丝烧红，再找根竹竿，在竹竿的头上烧两个洞，把铁丝捆牢，做一个铁钩。爬上树，我拿着竹竿就可以把鲜嫩的槐花钩下来。槐树上有刺，常常扎破手脚，我却全然不顾。

母亲把槐花择拣出来，洗了拌上面，在锅里蒸几分钟，拿出来晾凉，浇上蒜汁，滴几滴香油，就是少有的改善口味的一道菜。鲜嫩的花蕾裹着一层薄薄的面，槐香清冽，伴着蒜汁，散发着一股春天的气息。每年春夏之交，如果没有吃一顿蒸槐花，似乎就没有过那个季节。

几十年后，我和母亲都住到了城里，比邻公园而居。每到春末槐花开，母亲和父亲都会想办法到公园去摘，公园人多，也不让公开采摘。母亲没有工具，手脚并用，收获甚微，总有一种意犹未尽的遗憾，好像摘槐花还是为了要让我吃饱。

此时公园门口总有人卖槐花，十元一大包。为了不让母亲去摘，我都会买一包给她。她一边骂我买太多了，一边又忙着去收拾。清晨一早，我还没起床，她就从另外一个小区拿来蒸好的槐花，要我赶快吃了。

几十里外有一片槐树林，有一年开花了，槐花茂密鲜嫩。我带着父母、孩子去摘槐花。我已不像儿时般娴熟，笨手笨脚，努力想爬得更高。母亲在树下连声喊："孩儿，不要爬那么高了，小心点，小心点。"女儿四五岁，看见爸爸爬到树上，兴奋地喊："爸爸，爸爸，再高点，再高点。"

有一次，母亲和父亲回老家，老宅西屋房后又长了一棵槐树，已经很茂密了，适逢花开。母亲兴奋地搬来梯子，爬上屋脊，贪婪地摘了很多，和我说起来就像缴获了一批战利品，全然不顾自己已七十多岁。我佯怒吵她，她也只是哈哈地笑。

每于槐花开的时节，我和母亲偶尔会说起门口的那棵老槐树。

祖上留下的老宅向南有一条出路，爷爷兄弟分家时已经封了起来，只剩下向北的胡同出口。当时只想两家方便，不曾料日后会因南边的出口起了纷争。三爷要爷爷和父亲把我家大门拆了，把南边出口打开，他要往南走。几十年相安无事，怎么一夜之间，三爷要舍近求远，向南走了？原来三爷家要盖房子，他家的老房子是西屋，想盖一个南屋。但院子东西宽，南北窄，他就想把宅基地往南扩几尺，在北边门口扩出一条出路来。但他不能无缘无故地要几尺地，所以想出个声东击西的办法。老弟兄两个拿出地契理论，两家人吵得不可开交。

三爷和爷爷一奶同胞，三爷是哥哥，爷爷是弟弟，兄弟阋墙，伯侄失和，为了几尺宅基地，差点大打出手，不共戴天了。后来，两家闹到大队、公社。三爷有备而来，堂伯的内弟在公社当差，要大队和稀泥调解，把两家之间的胡同割了几尺给三爷。三爷的目的达到了，要盖房子，只好把南边的老槐树砍了。

树砍了，人散了，兄弟闹掰了。

此后两家好多年不说话，形同陌路。爷爷过世，宗亲过来撮合，人死为大，关系才慢慢缓和。

后来，一家人住到新宅，再后来搬到城里，老宅日渐凋敝，屋漏墙倾，只剩下野鼠出没。父亲多次要我把老宅推倒了盖个新房，说我百年之后，回家无处安放。我调侃他，说我死还不知何年何月呢，不必那么早。人生不满百，却怀千岁忧。我劝他好好活着，他百年之后有地方安放就行了，一辈人不要操两辈人的心。

父母早年还回老宅种些菜，近来年事已高，一年也难得回去几次。三爷前些年过世，堂弟带着一家人搬到了镇上。老家成了故土的符号，只有逢年过节才偶尔回去。

一天傍晚，我在外面应酬，父亲打电话要我立刻回家。每于此时，必是他雷霆大作，或是他身体不适要去医院。此时哪怕我已醉不成形，也会立即醒来。原来是老家镇上要复核宅基地确权，只量了老屋的面积，没有量宅基地。父亲觉得少给他量了面积，一时陈年旧事又被勾起，被迫“割让”的几尺宅基地，就像清末各种丧权辱国的不平等条约，旧伤复发，气郁于胸，要我回去和他们理论理论。

一个七十多岁的老人，像孩子被人夺去了玩具。此时若是给我父亲摆大道理，说六尺巷“千里捎书只为墙，让他几尺又何妨；万里长城今犹在，不见当年秦始皇”的典故，说不定他一时兴起，会脱下鞋来打我屁股。我揶揄他，下次上坟到我三爷坟前开个批斗会，好好数落数落，要不我找律师去法院告三爷，来一次缺席审判。

老宅，故土，是父亲的整个世界。尽管他住在城里最好的房子，窗外是八百亩公园，一片翠绿。而回不去的故土老宅已是历史。历史，从来都是一笔糊涂账，算不清，不如难得糊涂。

那棵被砍的老槐树，一开始放在胡同，说等盖新房用。后来，新房没盖，年岁日久，被当作废旧木材卖了。

于我而言，故乡老宅的那棵老槐树，三尺宅基地的纠葛，就像蒸槐花一样，既有槐花清冽的芬芳，也有入口的青涩，都已成为记忆。

五福临门

纪念三爷

三爷，刘玉璧，生于1921年农历十月初十，卒于2015年农历三月初三，享年九十五岁。

三爷少年时家境颇丰，衣食无忧，九岁时突遭横祸，曾祖为土匪绑架而亡，遂家道中落。初读几年私塾，略通为人正理。少年丧父，孤母无助，兄弟姊妹众多，仰赖祖荫，得以成人。然少父爱，缺训诫，沾染赌博恶习，尝将家中牲畜、良田，乃至屋梁砖瓦输于牌桌之上，几至家徒四壁，幸舅父训诫劝善，终于浪子回头。

及至成年，力扛持家重担，曾南下开封推粮，西去获嘉挑柿，肩挑贩卖，走街串巷，尝尽世道艰辛。其天性豁达，重义轻财，为人豪爽，义薄云天，常无厚利，多有义交。

民国乱世，兵祸连接，路有白骨，三爷岳父外出避难，留三担粮食、银元若干，资其度过荒年。三爷拒收银元，唯粮不能远涉，留于家中。彼时一斗粮可换一亩良田，三爷尽散粮食于村中孤寡，周济无炊之家，青黄不接之际，又自购五斗粗粮果腹。宁可散其粮而不买一分地，何者？其悲天悯人，乐善好施是也。后麦收之际，人皆看护，唯三爷独卧家中，麦未见盗一粒。或问盗者何不偷刘玉壁，盗者言：冬春之际，我辈已吃其粮得以活命，故不忍再盗。人尝告三爷，有人盗其麦。三爷至田间，盗者已割麦一捆，谓之：足乎？不足再割。盗者惊，以为羞，欲走。三爷令其背所割之麦，扶之上肩。盗者深以为愧，曰：再不偷刘玉壁。

新中国成立后，三爷因无厚田，有美誉，而无地主富农之名，得以全身。古人云：积阴德者，必有阳报。

三爷戒赌之后，喜操胡琴，沉迷其中，不能自拔。一日盛夏，突发奇想，将一竹床垂吊至井中，坐于井底，余音回响，如丝如竹，如泣如诉，恰似天外之音。忘我之际，吊绳突然断裂，人琴俱落井中，而三爷高举胡琴，宁可湿身，不可湿琴。

三爷一生，整洁有序，所做之事，善始善终，家伙把式，

井井有条。鞋帽衣服，虽旧如新，所用之物，绝无破损。耄耋之年，半月必理发、洗澡，有风发之气。

三爷一生，爱喝小酒，爱抽好烟，爱打小牌，爱听小曲，爱梨园，爱新衣，爱热闹。一副热肠，两肋肝胆；待朋友，但有所求，必有所应，不顾囊中宽绰、拮据；待家人，宽严有度，仁爱有加，一身长者风范；对晚辈，幼吾幼以及人之幼，待孩子不分远近亲疏，一视同仁，有糖则同分，有物则共享。对子侄言教：吃亏是福，舍得舍得。晚辈每每念及，常念三爷兜里有糖，口中有蜜。而今三爷西去，再不能睹其音容笑貌。

三爷一生洒脱不羁、豁达开朗、从容淡定、知足不辱，虽无丰功伟绩，但平凡中时见不凡。善待他人，亦不刻薄自己，无论顺逆，落拓不羁，潇洒自在，一生信奉“人生得意须尽欢，莫使金樽空对月。天生我材必有用，千金散尽还复来”。古人云：“人无癖不可与交，以其无深情也；人无痴不可与交，以其无真气也。”三爷有深情，有真气，人间一真人！

三爷可谓五福临门。五福者：一曰寿，三爷高寿，以九五之高寿，当之无愧；二曰富贵，终其一生，虽无大富大贵，锦衣玉食，但衣食无忧，亦属中道人家；三曰康宁，三爷一生清瘦，身体康健，至九十高龄尚能骑车周游三乡五里，心无挂碍，心安神宁；四曰修好德，三爷一生宅心仁厚，心慈面善，轻财重义，广结善缘，阳善阴德，广种薄收；五曰善终，三爷寿终正寝，无疾而终，预知寿终，尚能饭食。无病痛缠身，有子女侍奉，无汤药苦口，有孙男嫡女绕膝。人有五福，夫复何求。

呜呼，三爷，此去天堂路好，人间再无刘玉壁。

姥姥的婆婆话

2018年是母亲七十寿诞。母亲的母亲——我姥姥，比我母亲大三十岁，属马，1918年出生，七十七岁去世。如果她活到今天有一百岁了。

我姥姥，一如平常的乡间老人，裹着小脚，盘着头，穿着黑色的连襟棉袄，耳垂上戴一副金耳环，满脸皱纹，一脸慈祥。我常想写些文字纪念她，但记忆模糊零碎，没有惊天动地的大事可以记载，只有一些点滴小事和她长挂嘴上的家常话，却对我影响至深。

我已不能确记姥姥和我说过什么。人老了话就多，小孩子听老人说话，不是絮叨就是啰唆，哪懂什么道理，及至明白，半生已过。现在回味，姥姥的话像一杯醇厚的米酒，滋养我，劝勉我，夕惕若厉。用姥姥的话就是：俗话不俗。

母亲共兄妹五个，一个姐姐，一个哥哥，母亲排行老三，还有两个妹妹。大姨夫是县办工厂的一个小干部，舅舅是大队的会计，三姨夫是村办工厂的厂长，小姨夫是个体户，二十

三十年沟里沟外一样平
横竖是个人长短是根棍
吃亏人常在

世纪八十年代的“万元户”。只有我父亲是个农民，没读过几年书，种着几十亩薄地，除了会庄稼活儿别无所长。每个年节聚会，少年敏感的自卑心让我常常觉得，在姥姥家，我们一家总被有意无意地歧视。

我父亲弟兄三个，伯父是村里的干部，三叔在外教书，还承包了学校的印刷厂。我姥姥觉得子女中母亲过得最不容易，农活多，负担重。姥姥家就在邻村，几分钟的脚程，每到农忙时，姥姥就让姥爷赶着牲口过来帮忙。晚间她踮着小脚到我家，趁着月明，摘花生，捡棉花，剥玉米，和我母亲唠唠家常，到了深夜再回去。

我上学路上经过姥姥家，她常坐在门口。每逢我放学，她总要把我叫到家里，拿些好吃的，有时候是其他孩子送来的点心，有时候就是一个馒头或者上午的剩饭。无论有什么，她都拿出来让我吃，也不管我是否饿着。哪怕我刚刚吃过饭，她还是让我吃，塞到手里，装到兜里。大约那些年挨过饿的人，对于饥饿的记忆深刻，唯有吃的才能给人以安全感，也才是对别人最好的方式。如今我母亲和三姨都继承了姥姥的优良传统，见到人都要让人吃饭。

有时候我贪玩，并不想回家，我舅舅就板着脸吵我，让我赶快回去。

我姥姥则塞给我一个花卷馍，说早点回去，别让你娘操心之类的话，我就乖乖地走了。

我姥爷是个风水先生，十里八乡的人常请他去看阴宅阳宅。来接姥爷的有牛车、马车、小汽车，除了有鸡蛋荷包还有红包，是个殷实的老头。但我姥爷重男轻女，五个孩子只有我舅舅读完高中，四个女儿都半路辍学。每年过年给压岁钱，即便舅家的表哥已经结婚成家，我姥爷照给不误，每人十元。二十世纪八十年代初期，十元钱是一个老师半月的工资，对于孩子来说，简直是一笔巨款。等到大年初二，女儿女婿、外甥外甥女来拜年。磕过头，压岁钱成了五元。我们一帮外甥起哄，姥爷是个好脾气的老头，只是哈哈一笑。姥姥趁着人多，混乱中偷偷地把我拉到里屋，塞给我十元钱。

小姨夫当时是“万元户”，比现在的土豪还要高几个量级，但大家并不喜欢他，背地里叫他“四尖”（悭吝）。“四尖”人有钱，但事儿办得不漂亮。他抽烟，一般不给别人让烟。他攥着烟，大拇指紧扣，生怕别人一下把烟夺去。早年他来家里借钱，还没进门隔着门帘就把烟掏出来。他平日里抠抠搜搜，逢年过节苦苦楚楚，不像个“万元户”。人有了钱，酒桌上喝酒吃饭，话里话外不免透着硬气，我少年气盛，有时就会发生口角，就有了龃龉。

我三姨夫为人慷慨，我们家第一台黑白电视机七八百元，就是他买的，直到我大学毕业七八年后才把钱还给人家。我逢年过节总要有事没事地捞到三姨家，三姨拿出烟、酒、肉、水果，装满行包才让走。年节里我到姥姥家，大家喝的好酒都是他拿的，还忙里忙外，既出钱又出力，烧一手好菜，深得大家爱戴。

两个有钱的姨夫，兄弟姊妹忍不住在一起长短相较，厚此薄彼。每逢此时，我姥姥就说：“横竖是个人，长短是根棍，吃亏人常在。”

三十年，沟里洼外一满平。这也是我姥姥的口边话，翻译一下就是说：三十年河东，三十年河西。

三十年过去，种了一辈子地的父母，把地周转出去，跟着我们住到城里，住毗邻公园的一个社区，每天可以直接下楼到公园里散步。在姥姥的几个孩子中，只有母亲来城里生活了。而舅舅和几个姨母还在农村，年事已高，身体抱恙，而母亲在姊妹中属于身体比较好的。前些年，他们都还能跑动的时候，我曾组织她们姊妹一起出游。他们也觉得母亲吃苦最多，终于晚年有福。

人的福气总有个定数，早年吃的苦，就像发酵的酒糟，会在未来酿出一坛甜酒。人吃的亏，也像撒在地里的种子，不知道什么时候就长大成熟了。

大姨夫中年患了癌症，死得早。他家的大表兄和媳妇不孝顺，两个人亦早早故去，留下两个未成年的孙子。大姨七八十岁还在乡间开着一间粮油铺，祖孙相依，在一间铺子里吃喝拉撒。日子艰辛，不忍笔叙。

舅母过世得早，舅舅鳏居，不和孩子们一起生活，十分倔强，一个人独居。有段日子他患前列腺炎住院，我去看他，他竟不断地说，早点死了算了。

三姨夫的村办工厂后来关了，他为人好，被选去当村主任。每逢春种秋收，他就开着拖拉机、收割机忙乎，就像我父亲当年赶着牛马种地。有一年秋收的深夜，他收割完自己的地还跑来收割我们家的地。后来，子女都成家，父母仍在，他兄弟不幸早逝，三姨又有脑梗，要他照料，就在离家不远的小厂里给人管事，日子不像当年那么宽裕。我逢年过节去看他们，总是拿一份最大的礼。三姨脑梗留下后遗症，说话不像从前那么利索，临走送到门口，只是说："你吃点，再吃点。"我拉着她的手塞给她一把过年的新钞。

小姨夫的工厂有一年雇佣一个堂舅家的表弟，不幸工伤死了。他钱赔得紧，堂舅家就这一根独苗，两下打官司，好多年他在姥姥家门里都很少走动。三十年过去，他仍守着那个小作坊，环保清查，关关停停，还是"万元户"。他偶尔遇到一些需要找人疏通或者周转不开的事，就跑来找我，似乎他这个外甥在外面有些头脸，什么事都能办成一样。给他办完事，有时连句道谢的话也没有；有时忽然良心发现，提了几斤牛肉过来，要赶快把欠下的人情还上，一笔两清，互不赊欠。急于还情的，大多是薄情的人。

有时小姨夫不来找我，而是去找我母亲。母亲知道我不愿管这些事，但总是应承下来，跑来和我说。我拗不过母亲，只能应承下来。有一次，小姨夫来借钱，我手头紧，母亲竟然把自己的私房钱拿出来给了他，于是我常调侃问母亲还有多少私房钱。

母亲又说：“横竖是个人，长短是根棍，吃亏人常在。”

我听了，反观自己，对远在天堂的姥姥又生出一份敬意。

我姥姥说：“没病齁嫌瘦，平安就是福。”

母亲很知足，常开怀地笑，挂在嘴边的一句话是：“我做梦都没有想到会有今天啊，我很满意，很知足。”

母亲七十寿诞后，活得越来越像我姥姥。

今年故乡无人絮语

有一年春节，我躲在书房里写春联，想起了尚老师。

尚老师名叫尚连安，是我初中的语文老师，教了我三年。我从小不是一个省油的灯，初一被留级，新班主任是他。在那个乡村中学，他是资深老师，此前我已有所耳闻，因为他教了我们家两代人。三叔、堂兄，及至我，已经是我家第三个学生了，后来他又教我兄弟，一门四人，同授一师。

我起初很怕他。他长得像鲁迅，头发直挺，面容消瘦，声音不急不缓，温和里透着严厉。他身材瘦长，年轻时是篮球健将，右手中指弯曲，那是打篮球久了留下的，五十多岁还能跑满全场。

留级已是恶名在身，又遇到一个严师，我不得不稍做收敛。学期结束，我竟然考了第一。我从未考过第一，如果有也是倒数，打那时起竟怀疑自己不是一个坏学生了。从此我摇身一变，成了个好学生，在乡村学校改头换面，年年都是“三好学生”。

究竟如何考了第一名，在久远模糊、盘根错节中抽丝剥茧，真相是除了踩到狗屎，我想，与尚老师对我的鼓励和包容是分不开的。

尚老师教语文。虽然我留级了，但我的作文上初二了。一次作文课，他拿了我的作文当范文在班里念。我内心狂喜，原来我并不是茅坑里的石头，而是一块没抛光的玉石啊，真想隔空呼叫让我留级的老师过来看看。后来，他又教地理。地理书上的名山大川、三山五岳、高原沙漠、铁路干线、土质结构、南北回归、季风暖流，都滚瓜烂熟。且容我在此显摆一下：三十年后，我给初二的女儿临阵辅导地理作业，还能一笔画出一张中国地图，标上陇海线、京广线，依次的车站，那是我在女儿面前少有的高光时刻。

在尚老师的影响下，我背了很多古文，记得有《朱子治家格言》《三字经》。他见我喜欢，就把他当年上学的课本《古代汉语》《大学语文》之类的书给我，我如获至宝。翻到王勃的《滕王阁序》，我爱不释手。朗朗上口、美不胜收的骈句“落霞与孤鹜齐飞，秋水共长天一色”，让我窥见文学的优美；“穷且益坚，不坠青云之志”，至今还砥砺着我。

尚老师有些幼学功底，四十多岁时去参加县里的书法比赛，虽颗粒无收，但一生没有放下毛笔。那时他正热衷于练习书法，于是我们多了一门书法课，我的书法启蒙也自此开始。书本匮乏，字帖稀缺，他就自己写好油印成册，给学生当字帖。我进步颇快，翘楚同侪，在县里举办的书法比赛中获得了二等奖。后来，同学中有人勤奋不辍，书法已小有名气，我却俗务缠身，终未成器。那是后话了。

二十世纪八十年代中期，市场开放不久，很多人放不下面子做小生意。尚老师拉下脸来不顾别人讥笑，提着毛笔去集镇上摆摊，给人写春联，小幅三五角，大幅一两元，搭配卖门画。好几年寒假，我和他一起去卖对联，他写对联我拉纸，两手沾满红色。寒风凛冽，手指僵硬，腿脚发麻。从早到晚，我俩常常是吃一个烧饼果腹，中饭合着晚饭。集镇上人山人海，小摊前水泄不通。常有人点题写一副特别的对联，也有人临时让编一副对联，有人是喜庆事，有人是晦气事，大家都借着过年抒发一下。彼时风尚仍存，大年初一去拜年，我总会走到街上看看哪家的对联好，有的是看书法，有的是看内容，亦是过年的一道风景。

一天下来，已经月明星稀。但他回家还要再写半夜，给第二天备货。有时一天收二三百元钱，有时三五百元钱，一个年关能卖两三千元，快赶上他一年的工资了。到了大年三十收摊，师母拿出一二十元给我，那是我人生中当学徒的第一笔收入。在少年逼仄的视野中，能写对联那是一门高级手艺。我梦想有一天也能去街上写对联，人来人往中在镇上摆摊卖对联，也激发了我对做生意的兴趣。

如今满大街免费送对联，千篇一律，对联一角赫然印着某单位的广告——某某银行祝您新春快乐。这免费的行当直接摧毁了我年少时的梦想。

我初中毕业没几年尚老师就提前退休了。每年大年初一去看他，一个绕不过的话题是他退休。他是学校最资深的老师，退休前一年教育局评职称，学校里只有他一个符合中级职称条件。材料报上去了，本应该顺理成章，但职称评定结束，却迟迟没了下文。他以为是自己某个条件不符合，就没再深究。后来偶然获悉，他的材料根本没有报上去，校长偷梁换柱把自己的材料报上去了。校长资历浅，有硬伤，但心存侥幸，结果浪费了名额，自己也没评上。他去找人理论已无济于事，多年同事，从此一刀两断，一气之下提前退了休。

人心中总有些痛是放不下的，中级职称（那时初级中学还没有高级职称）对于一个执鞭半世、为三尺讲台付出一生的人而言，犹如一顶桂冠。知音甚少，无处述说，每于此时，我都默默无言，把酒添了又添。时日见长，有时去看他，见他和村里的一群老头下棋，我说："你看和你下棋的老头，回家还得向孩子要钱，给不给，给多少都是两可。你现在身体硬朗，每月几千元的退休工资，有学生来看你，日子多好。"

他摇摇头，摆摆手，不说话。

后来，我再去看他，他每年都要拿出他写的文字。他写了很多 1976 年毛主席逝世当天日月同辉的奇异景象，邮寄了很多地方，和我极尽详说，生怕错失了什么细节。我装得很认真在听，知道一个老人被记忆欺骗的执着。

尚老师还每天练字，那是他后半生的习惯，偶尔也劝我拾起毛笔，再不练就晚了。他还会拿些新近写的作品给我看。为了讨他欣慰，我也常让他写几副对联。但我知道，那些字和三十年前写的对联没有太多不同。

一个老人囿于时代和环境的局限，亦不能过多苛求。

几年前，师母病逝，我去吊唁。他倚在沙发上，羸弱无力，拉着我的手，老泪纵横。一年春节去看他，八十岁还能骑自行车，问及当年写对联用的金粉配方，说我准备写春联。他一时欣喜，感叹终于后继有人，坚持要回老院给我拿一些金粉用。我急着赶场，也恐他絮叨个没完，说不用了下次还有机会，他很落寞，倚门望我远去。

六月的一天，忽然接到尚老师二儿子打来的电话，说他已经病逝一周了，找不到我的电话所以通知晚了。我赶到灵前，叩首祭拜，一匍到地，不禁失声。

今年故乡无人絮语。

小瑞

小瑞和我同龄，比我大几个月。他家和我家在一个生产队，父母也是同龄人，经常在一起干活儿。

他爸叫秋牛，估计是秋天生的，取了这个名。他妈长得利落，相亲找他爸的时候，有人说他爸有点傻，他妈想试试，就一起到市里逛街，到了饭点说：饿了。但他妈不吃肉，他爸说那买油条吃吧。听了他爸的话，他妈觉得他爸不傻，就同意了婚事。

嫁过来才知道，他爸不傻只是有点笨，有点轴，不会干巧活儿。他爸和我爸一起在丧事上给人帮忙打墓（挖墓坑），只能干些粗活儿，把墓坑壁铲平一直都没学会。他妈觉得嫁给他爸倒了八辈子霉，嫌他爸没成色（河南方言，即没出息的意思）。

小瑞爷爷是小队里的大个儿（赶牲口的强壮劳力，工分比较多），家里盖房子舍不得休息，晚上干活儿，白天赶牲口，困得睡着了，下坡时竟滚到车下被碾过去，抬回家人就不行了，队里最后给了一个工伤。

上小学时，小瑞发育早，长得猛，比我们都高大。有一部《白蛇传》的电影，里面的反面人物是法海和尚，身材高大，大家就给小瑞起了一个外号：老法海。孩子们起外号，叫得生动贴切，但后来没有继续叫，能想起的也只有几个光屁股长大的人。

后来到邻村上初中，小瑞还保持小学的身高，没再长一厘米。他不调皮，学习也不拿手；身体虚胖，快走几步就气喘吁吁，说话时不时地翻两下白眼，有些呆头呆脑。有时说着话，他就把手放在鼻子上，“哼”的一声，擤出一把鼻涕，顺手抹在能抹的地方。

小瑞从小有夜盲症，一到晚上什么也看不见，拿着手电筒也只是看到红红的一小片光。每天下学，他妈都嘱咐我和他一起走。下了晚自习，他穿上厚厚的军大衣，掏出手电筒，我拉着他，深一脚浅一脚，不时提醒他怎么走。一次前面停了一辆拖拉机，我急忙说“撞上了，撞上了”，话音没落，只听“砰”的一声，他一头撞到了车上。

我们一起学书法，小瑞暗中和我比，练习簿上我画红圈的总比他多。

一次夜里放学，他竟要和我打赌，比谁的胆子大，去清真寺外的一片老坟地里睡一夜。我回家悄悄地抱了被子，去他家门口叫他。他家门闩着，叫了几声，他妈出来知道原委之后，把我臭骂一顿回去了。

学校元旦，我总会参与一些文艺节目，演小品、说相声。小瑞央求我和他说一次相声，我被磨缠不过，就编了一个相声和他演。全程鸦雀无声，就看他摇头晃脑地不时翻一下白眼。这是他的处女秀，我的滑铁卢。

后来，我上高中，他去另外一所高中读了一两年。县办化肥厂到学校招人，他就去了，但没多久就不上班了，因为他不能值夜班。

村里的小学缺民办老师，小瑞读过两年高中，就让他去了。他常挨校长的骂，校长是我们小学的数学老师，知道他不灵光，没两年让他下岗了。他无以为业，身虚体弱，干不来农活儿，就在小学门口推个车，摆个小摊，卖些小孩子的零碎东西，糖豆、江米蛋、小贴画、糖水、饮料。

一直也没很好的茬口给他说媳妇，后来有人提了一门亲，新娘二婚，没有孩子，长得高他半头，快人快语。新婚晚上，一帮人去闹洞房，让他们亲亲嘴，他还有些扭捏，只见新娘一把拉过他亲起来，亲完了还问你们看够了没有。我们一起哄笑，觉得他找了个能干的媳妇。

小瑞的媳妇在外面跑过，不甘心过家里的生活，带着他出去打工，但总是不长久。年节里偶尔见面，他媳妇常挂在嘴上称呼他“俺小瑞，俺小瑞”，小瑞对媳妇也言听计从。几年下来，他们始终没有孩子。后来听说他媳妇不和他过了，要离婚，以后要和小瑞以兄妹相待。临行的一晚，两个人抱头痛哭，似乎还能再见。有人说小瑞被他媳妇骗了，听了他媳妇的花言巧语，竟然同意离婚了，让媳妇把陪嫁了两次的嫁妆也拉走了。

没了媳妇，小瑞还在学校门口摆摊。

偶尔相见，彼此无语。

2010 年冬天，接到儿时同学的电话，说小瑞不在了。回去见到他爸妈扶柩而泣，眼前是同辈的孩子，棺里是自己的儿子，哽咽失声。他死的时候才三十六岁，听村里医生说，他有先天性心脏病，寿命很难长，想来他媳妇是知道了这病。

小瑞死后不久，他爸也死了。他有个妹妹，和他有点像，不会生孩子被退了婚，搬回娘家，招赘了一个女婿在家。

小瑞没有子嗣，死后被埋在我们打赌要一起过夜的老坟地。

珍珠翡翠白玉汤

有个广为人知的传说，朱元璋当了皇帝之后，一直念念不忘当年逃荒时的一碗珍珠翡翠白玉汤。于是，朱元璋找到当年给他做汤的人，发现这道菜不过是发馊的剩饭（珍珠）、白菜（翡翠）、豆腐（白玉）一锅乱炖，他再也吃不出当年的味道了。

其实，每个人的记忆里都有一碗珍珠翡翠白玉汤。

我最早的味觉记忆，当属幼时过年煮肉的香味。守在灶台前，我殷勤地添柴烧锅，不时掀开锅盖，拿根筷子捣捣滚烫的肉块。哪怕熬到后半夜，肉出锅时总是迫不及待，冒着被打和烫伤的危险，捞一根骨头，贪婪地咬一口，烧嘴烫牙，真香。

二十世纪八十年代中期，家里的经济作物是棉花。秋天到轧花厂卖棉花，人很多，常常要排一夜队。一个十一二岁的孩子，在深秋的后半夜冻得瑟瑟发抖，饿得饥肠辘辘。大人舍不得吃东西但不忍心孩子，就说去吃碗面条吧。于是，我到路边的小饭店里，要一碗肉丝炝锅面，三毛钱。

等到面上来，碗像一个小盆，热气腾腾，浓浓的汤，稠稠的面，几根肉丝“埋伏”在面里，像在和食客玩捉迷藏。如果说家里的面是破衣烂衫，这碗面就是锦帽貂裘：汤稠而香浓，面劲而轻柔，葱花合着姜片，蒜瓣烹炸肉丝。吃得人荡气回肠，回味无穷，打着饱嗝吃完，连一滴汤都不剩。等下一次再吃如此美味的面，已经是五六年后，隆冬的深夜。几个高中生去掐架，回来聚餐，一人一碗肉丝炝锅面，放了辣椒和醋，吃得稀哩呼噜，风卷残云，意犹未尽。一个人完全可以吃两碗面，但都不好意思再叫，那时一碗面一元钱。

高中食堂的伙食回想起来堪比猪食，唯一难忘的是包子。二两粮票两角钱一个，包子皮厚馅少，馅里若隐若现几块肥肉丁。可那年月谁能常见肉，肉丁也是肉啊。平时一顿饭是两个包子一碗面。有一次几个人一起打饭，买来包子才知道其他几个人回家了，我一口气吃下七个包子、两碗面条，真是过瘾。

食堂的饭实在恶劣的时候，我就和发小大官一起去学校门口的地摊上买一碗凉皮，一斤粮票一碗。凉皮未必味美，更难果腹，但醉翁之意不在酒，在于辣椒也。吃完凉皮，我俩会悄悄地把辣椒罐里的辣椒油舀半罐，回来配上两个馒头吃。卖凉皮的是一个同学的妈妈，总是睁一只眼闭一只眼，只是两个家伙遮遮掩掩勺辣椒油时有些狼狈。每次回乡路过，我都想那家地摊要还在，去要碗凉皮，不忘多放些辣椒才好。

有一道菜，我确信只能在记忆里回忆它的滋味了。1992 年上大学，我和室友老二一起搭伙吃饭。大学生活费每月一百五十元，到食堂囊中羞涩，肚里没油水。我们达成一致，每周打打牙祭，到一家小店，点一盘鸡皮辣椒。

烧鸡的鸡皮是薄薄一层，但此处的鸡皮是厚厚的一层皮下脂肪，鸡身上最便宜的油脂。老板油乎乎的手抓一把白花花的鸡皮，点一勺油，大火开足，放葱姜蒜，“砰”的一声，鸡皮下锅，油烟四溅，随后放入青辣椒，旋而出锅装盘。端上来后，配一碗米饭，香辣可口，油水十足，吃完盘底一层厚厚的油，还能再吃半碗米饭。没有鸡皮辣椒的大学生活，就像没有恋爱的青春一样寡淡无味。

就像再美的姑娘都会老去，再硬的菜也有吃不动的时候。一碗珍珠翡翠白玉汤，一直在回忆中若隐若现。毕业一年多，我和老二都很怀念那一盘鸡皮辣椒，于是跑回学校。老板见到老客，格外亲热，手艺娴熟，多抓一把鸡皮，爆炒了一盘加量不加价的精品鸡皮辣椒。菜端上来，望着那一盘白花花、油乎乎的鸡皮，除了油还有什么？四目无语，我俩顿时没了胃口，对美味的念想碎了一地。

沉静岁月里的久久回忆，美味还有很多。别人家孩子手里的烧饼夹牛肉，隔壁世贵爷煮的一锅香味扑鼻的羊肉，妈妈做的黄焖鸡、手撕鸡，自己煮饭放在炉火边的烧红薯，还有第一次吃鱼香肉丝，带着满腹的疑问——怎么没吃到鱼？

记忆里的美味大多来自早年的物质匮乏，味蕾也尚未被今天的调味品腐蚀。如今纵然山珍海味、满汉全席、三星米其林，也抵不住早年那一碗珍珠翡翠白玉汤。

我的小生意

我小时候家里不富裕，但每年也能吃上几回肉。

人穷思变，很多时候榜样的力量是无穷的。我们那个小村庄很早就有“万元户”，谁家有了电视机我们一群孩子都蹭着看，不看到“再见”不回家。村子里在二十世纪七八十年代就有村办企业，纸厂、酒厂、罐头厂，还有个体户，开瓶盖厂的，做小食品的，搞印刷的，跑运输的，卖药的，养海狸鼠的，宰牛的，五花八门。虽然大多都是家庭作坊，但不妨碍大伙儿发家致富。在那个野蛮生长的年代，小村是一个经济很发达的地方，没有人出去打工。

可我父母是种地的，包了十几亩地，从早到晚起早贪黑地干活儿。父母农闲时也去村办企业上班，日子过得紧紧巴巴，家里除了电灯和收音机，没有其他电器。我很羡慕那些做各种生意的，也很想家里有台电视机，盖一栋“明三暗五”（当时农村很流行的一种房型）的房子——发家致富的种子就这么在心里埋下来了。

我想买小人书，也想买一副乒乓球拍，可父母没钱，我只能自己想办法。我把家里的破烂替我妈卖了，钱还不够，就和几个小伙伴去捡废品。当时农村哪来那么多废品让小孩捡，无非是跑到酒厂偷几个啤酒瓶，去纸厂捡几块废铜烂铁，卖给收废品的。卖了几元钱，我买了小人书和乒乓球拍，觉得有钱真好。

后来，我一直琢磨怎样才能赚更多的钱。初三那年，我很认真地订阅致富小报，上面登了很多致富信息，有种辣椒的，有搞养殖的，有卖玩具的。记得有一个扔出去会飞回来的飞镖我差点就代理了，只是没有本钱。

初中三年每年放寒假，我给老师帮忙卖春联，老师写字我拉纸，冻得手都伸不出来，老师给我一二十元钱。有一年，我拿了老师写的春联，骑车几十公里跑到城里，风很大，路不熟，找不到一个摆摊的地方。城里人很少贴手写的春联，跑了一天，一口水也没喝，一副春联也没卖，灰溜溜地

穷人的孩子早当家

回去了。

初中毕业那年，家里种了些洋葱，吃不完就跟父亲去卖。那时农村没那么多现金，可有的是刚刚打下来的麦子，可以拿麦子换洋葱，也可以拿钱买。没有计算器，拿钱买需要口算，吭哧半天才算出来；用麦子换就有点费劲，要把洋葱换算成钱，再把麦子换算成钱，再比较一斤麦子可以换多少洋葱。很多时候不是整数，一来二去脑子就成了糨糊。父亲不时骂我，上这么多年学，这点小账也算不过来。

大学寒假，我和同学说咱们趁春节做点小生意，赚点学费，但也不知道能干什么。刚好同学的母亲是个生意精，她说你们去卖柿饼吧。于是，我们通过她的关系进了一批柿饼，趁春节镇上的人办年货，摆了个地摊。没有经验，脸皮又薄，我俩离得远远的，谁都不好意思站在前面拿起秤杆吆喝，生怕碰见熟人。偶尔有人过来问问，又都说我们的柿饼不好吃，又黑又硬，成色不好，价格还贵。我俩在寒风里站了一天也没卖出几斤。晚上同学的母亲说，把柿饼喷点水，用白面拌一拌。第二天，柿饼喷了水，不仅分量增加，还软了，拌了白面后卖相也好。再好的东西也需要包装啊！随着生意红火，我们的脸皮也越来越厚，春节前几天赚了几百元钱。

过了春节开学，家里给了几个月生活费，加上春节前卖柿饼赚的几百元钱，我和舍友老二商量干一票大的。考虑到大家开学都要买生活用品，正月十六是报到日，我们上午就去郑州火车站小商品批发市场买了一批牙膏、牙刷、毛巾、肥皂。我们中午回到学校又困又饿，先睡个午觉再说。

这一觉真是香甜，醒来天都快黑了，赶快拿了东西到各个宿舍推销。可是很多人下午报到后的第一件事就是去买生活用品，几个小时工夫，大家都买得差不多了，我们错过了黄金销售期。晚间又跑了其他学校，最后卖出去的寥寥无几，以至于大学期间整宿舍的人都在用那一柜子劣质牙刷和毛巾，直到毕业还没用完。春节前赚的几百元泡汤了，几个月的生活费还没着落，只好勒紧腰带。

折了本钱，可赚钱的欲望还在。我们镇是医药之乡，在二十世纪九十年代初期，我们小镇上有几个药厂，很多人以此发财。我琢磨着是不是也去批发些药品。没有钱进货，我就找了一个同学的同学，他在药厂里当会计，由他担保批了几箱药品，有感冒通和诺氟沙星。一般人不熟悉诺氟沙星，就是治拉肚子的药。感冒通两角五分钱一板，可以卖到一元六角，诺氟沙星胶囊的利润更高。我心里的小算盘飞快地算了一下，如果卖完那几箱药，在学校里就可以随便点红烧肉和鸡皮辣椒了。

我拉了老二四处游说，学校医务室，他们老家村里的医疗所，能跑的都跑了。起初我还想给人家些回扣，分销提成，都不怎么管用。过了一年多，厂里催要货款时，我们还没有卖完。后来，那两箱药零零散散地卖出去，好像勉强收回个本钱。

在我心中一直有着做点小生意的念头，后来上班也时常冲动去干点什么。几个人合伙开过防弹玻璃厂，其实就是个小作坊，没有人专职投入去干，不久就倒闭赔了些钱。我给同学投资过期货，把一点积蓄赔得所剩无几；也曾想开个小书店、干洗店、小餐馆，代理个什么连锁品牌；等等。很多时候晚上想想千条路，早上起来卖红薯，最终都不了了之。那时的创业也没有像现在说起来这么高大上，就是想赚点小钱改善生活。到后来真的辞去工作、卖掉房子，破釜沉舟地出去创业，想来是早年埋下的那颗种子发芽了。

我怎样赚到人生第一个一百万

这个故事有点长，如果对一百万元还有兴趣，那你需要有点耐心。

1994 年 7 月 1 日，我参加工作。工资二百六十元，加上餐补一百五十元，合计四百一十元。1995 年春节，老板看我卖力，发了三千元红包，而此时我大部分同学的平均工资是每月三百到五百元，年底能拿回家的平均不到 500 元。我母亲表示非常意外，因为每年种地，好年景也不过收入三五千元。由此我有了这样的心得——工作的选择决定收入的高低。

我当时做销售代表，不仅比我父母当农民收入高，也比在工厂里稳定拿三百元工资的人收入高。销售经常面对拒绝和挫折，需要勇气和沟通，收入并不稳定，但不管是哪个行业的销售人员，比生产线和办公室后勤人员收入高都是件大概率的事。

无论哪所大学毕业，没有靠山，没有过硬的手艺，要想获得高收入，不妨从销售干起。据我所知，我们那一批销售精英后来大都跻身千万高净值的行列。

职业决定收入，在高收入的职业里，哪怕你的收入较低，也比较低收入的职业高。就好像说在华尔街工作的有两种人：一种是富人，另一种是有游艇的富人。

穷也要站在富人堆里。

1995 年 6 月，公司给我发了半年奖金一万元。这是我第一个一万元。我母亲难以置信：孩子，哪来这么多钱？他们种地半辈子也没有攒下一万元现金。是年 6 月，面对家里五亩自留地加上承包的十几亩地，三夏大忙，我在家里帮忙收割麦子，耗时一个多星期，因此丢了一大单业务，直接损失过万元。粗略计算那年把十几亩地麦子一万斤全部卖了，每斤三毛钱，最多也就三千五百元。那是我最后一次参加农业劳动，从此再没有回家帮过农忙——我的时间成本和机会成本远远超出体力劳动的成本。尽管我也是干农活儿的一把好手。

一个人想拥有财富，首先要树立成本意识。你可以根据自己的收入精确算出自己的时间成本，这将让你不会浪费自己的时间。还有经常会忽略的机会成本，即你干一件事会丧失另一件事的机会。

1997年，工作三年，我东拼西凑花费十一万元买了第一套房子。当时我手里只有五万元，借给我钱的人到现在我都一一记得。1998年10月，我以十三万五千元的价格卖掉。（本来可以卖十五万元，因为我创业急着用钱。）在经济上升的通道中，投资房产是可以升值的，我明白这个道理晚了将近二十年，看来我的智商的确有点问题。

1997年，我还通过同学投资过期货，可惜短短一个多月，四万元进去，两万元出来。那时两万元正好可以买一辆铃木王摩托车。

心存侥幸的投机，都会让你尝到偷鸡不成蚀把米的惨痛教训。

1997年，我和亲朋投资防弹玻璃厂，历时一年多。由于所有人都是半职业的投入，最后以亏损几万元结束。

逐二兔者，不得其一。如果说正常创业亏损的概率是60%，那么创业者三心二意的投入会让亏损的概率提高到99%。

1998年年底，我辞去上海三菱电梯的工作，卖掉房子，又借了几万元，创业开了一家茶楼，合计投资二十万元。1999年，我赚了二十万元。这是我辛辛苦苦工作四年的收入。

虽说冒险创造价值，但你还需要是一个幸运儿。看似顺风顺水，这当中也几近破产，苦苦支撑，后来才有起色。感谢上苍，感谢运气，没有第一次创业就让我破产。

如果没有创业，我也会像很多同学、同事一样，拿一份相对稳定的收入，虽然比很多人收入高，但不可能高出几个倍数。另外，我必须依靠出卖自己的劳动时间获取收入，当我停止工作时，就没有了收入。2000 年，我去北京大学进修半年，茶楼依然能每月产生利润。我可以依赖创业的组织替我工作。

在通往财富的路上，最大的成本是时间。一个优秀的销售冠军如果不工作，就没有佣金；收费一流的牙医、理发师、设计师，如果不工作，也没有收入。

仅凭单一性工资收入很难积累到一百万元。有了钱还需要钱生钱，让钱为你工作，购买别人的时间来为你工作。

这期间，如果保守地经营茶楼，我将很快达到第一个一百万。但我继续冒险投资、创业、负债，并且连续亏损，最惨痛的时候仅仅凭着茶楼每天的营业额来支付第二天的差旅费。

2000 年，凭着在北大听来的一套风险投资理论和朋友创业，二十分钟不到，我就“忽悠”一个银行的行长给了二十万元。那个创业模式类似马云最早搞的黄页，不过，我们搞的是货运物流信息的黄页。我们笃定能发笔大财。2000 年，新款奥迪车刚刚出来，我们说干完每人买辆四十万元的奥迪。但不到一年，我和创业伙伴常说的一句话变成：市里哪栋楼最高。每个人赔了几十万元，跳楼的心都有了。

2001 年，我结婚，买房（当时没钱，因为是朋友公司的房子，只付了一半，那时还没有银行按揭）花掉一笔钱。但相比投资失误的损失，几乎可以忽略不计。

日常生活的开支相对于投资失误，我可以负责任地说：你花不穷，但会因为一笔不慎的投资而倾家荡产。所以，该吃吃，该喝喝，千万不要省着花。

2003 年，我被朋友拉去投资饭店，再次重蹈覆辙亏损五万元。有些错误你会一犯再犯，在犯错的路上，不是吃一堑长一智，而是吃多堑才长一智。

2004 年，我开始代理服装，正好遇到百货零售业怒放的七八年黄金期。其间，虽然我也犯了很多错误，但总的来说赶上了时间。什么时候到了一百万，却不记得了。一百万以后什么时候增加了一个零也不记得了。总之跨过一百万，后面的一千万似乎更容易一些了。前提是你不胡来，但有几个人在投资的时候就想着胡来呢？

找对了风口，就是头猪你也能飞起来。不要听那些“土豪”的成功感言，那不过是一头赶上了风口的“猪”。

在通往一百万元的路上，好几次回到起点，我不得不从头开始。一百万元的积累不是线性的增长，而是螺旋式的积累。

其间，你很难耐得住不冒险，不投机，不借钱（借钱给别人，也借别人的钱），不亏损。但如果这些都经历了，一百万也顺便就来了。

亏损，是通往一百万元路上的学费。

从一万元到一百万元，我用了十年的时间。时间，是通往一百万元的必经之路。如果你总想走近路、一夜暴富，汉语里有个对应的词：急功近利。最近的路，也是最远的路。你会损失更多，走得更远。

查理·芒格（巴菲特的黄金搭档）说："想要得到某样东西最好的办法，就是让自己配得上它。"

当人没有准备好而钱来了，祸就不远了；当人准备好了，钱自然也就来了。

写作的种子

写作不知什么时候在我心里埋下了种子，到如今大有生根发芽、茁壮生长的势头，回想过往如草蛇灰线，若隐若现。

小学时代的萌芽

小学时，每年清明节老师和学生都会去烈士陵园扫墓。每逢此时老师都让写作文，写得好的就代表学校去发言。我很想去发言，于是费尽心思、搜肠刮肚地写好一篇作文，还用了好多规定词汇——“抛头颅，洒热血，为了解放全中国而牺牲”。最后，老师叫了一个平时学习好的同学发言，但我知道我比他写得好。

小学以前，家里唯一的一本书是《刘氏家谱》，我三叔编辑的。三叔是整个刘氏家族中最有文化的人。家谱虽是油印，但我仍能从文言序文里，看到一个人有文化是多么重要。从那时起，我对文言文的好奇便在心里膨胀。

初一时候，县里有一个作文比赛，我的作文被老师拿去参赛，很意外地得了二等奖。这给我的鼓励远不止几本练习簿和一张小小的奖状，更多的是我就此建立了写作文的心理优势。

初二时，我去老师家里做客。老师给了我一套《古代汉语》，是他读师范学校时候的教材，几十年了，书页已泛黄。虽然还是繁体字，但其中一篇王勃的《滕王阁序》深深地吸引了我，一个十四岁的少年，沉浸在文字的绚丽壮美中不能自拔。大早上不等我母亲叫我就起床，在庭院里大声背诵“落霞与孤鹜齐飞，秋水共长天一色”“天高地迥，觉宇宙之无穷。兴尽悲来，识盈虚之有数”“关山难越，谁悲失路之人？萍水相逢，尽是他乡之客”“所赖君子安贫，达人知命。老当益壮，宁知白首之心”“北海虽赊，扶摇可接。东隅已逝，桑榆非晚”。这些雄壮优美、对仗工整、音韵流动、寓意深远的文字，在此后的几十年里，不时在某个生活的场景中浮现，也曾砥砺自己“穷且益坚，不坠青云之志”。

高一时，三叔在教师进修学校教语文。我在他的办公室拿到一本《宋词三百首》，如饥似渴，爱不释手。那是进修学校图书馆的书，我后来也没还给三叔。我每天早晨在操场上背诵，李清照、柳永、苏东坡、辛弃疾——那些词句在我身上烙下了一个文学青年的底色，再也没有抹去。

高三时，我替一个老师看管小书店。一次他生病我帮着进货，其中一本《编辑部的故事》最为畅销。那是一个剧本，一集接一集，文字诙谐，情节夸张，展卷阅读，不时捧腹。那让我第一次觉得，原来文字竟可以如此轻松幽默地表达，和作文课教的不一样。

大学时，班里有个文学青年吴浩雨，是个热情的诗人，偶尔会拿着发表的诗歌给我看。一次他写了一首关于女神老师的长诗在《河南日报》副刊上发表，我除了羡慕还有小小的嫉妒，怀疑他上课除了看老师之外没干别的。但我也在心里暗暗较劲，总有一天我的文章也要登上某个刊物。

大学以前，除了教科书和《青年文摘》《辽宁青年》《读者文摘》这几本杂志外，几乎无书可读，这几本杂志还要借来借去。偶尔看几本金庸、琼瑶的小说也是颠三倒四，囫囵吞枣。相比于小学就已经读过四大名著，高中已经读文学名著的城里孩子，我的课外阅读真是匮乏得一穷二白。冯唐说写作需要“幼功”，他小学时就把四大名著、《资治通鉴》等通读了，而我到现在还没看完。我也想有“幼功”，可我哪有练就“幼功”的条件，好在我有阿Q大器晚成的乐观。

写信也是一种写作

写信是与另一个人笔谈。二十世纪九十年代以前，手机还是奢侈品，没有短信、邮箱，更没有微信，电话也只有公家单位才有。想和一个人联系只能写信——感谢最后的书信时代。青少年时代最为流行的就是找几个笔友写信，也曾流行陌生笔友。我大部分笔友都是同学，或去当兵，或在异地上学。有时候信要写三遍：草稿，二稿，最后再抄写一遍。你要组织语言，描述事件，谈谈感受，如见其人，一来二去，记叙文就会写了。

情书是写作的“九阳真经”

如果问我究竟写过多少情书，你等着啊，让我数数，你别笑我，你的名单一定比我长。我人丑——人虽长得丑，但有点才气。每个恋爱中的人都是诗人，荷尔蒙会自然催生出一个作家。

如果你不会写作，那么尝试一次恋爱吧，上天会握着你的手让最情真意切、海枯石烂、天崩地裂，“冬雷震震夏雨雪，天地合，乃敢与君绝”的文字不假思索地流淌于笔下。如果写不出来，爱情多半打折了。

现在的年轻人不知道是否还会写信、写情书。通信阉割了此后人们深度表达感情的机会，不能说没写过情书的爱情很浅薄，但至少没有那么深刻。一段时间火爆的《见字如面》翻出的都是古董旧作，恐怕之后难以有新锐的书信佳话了。

几年前，在老家的床底下翻出一麻袋书信。那么多信笺，微微泛黄，字迹拙笨，文字青涩。一沓一沓，记录着青葱岁月。内容就不忍卒读了。谁又能说我现在的文字积累里，没有这些书信里的一砖一瓦呢？

日记是写作的“弹药库”

从初中开始写日记，工作后的坚持是受曾国藩的影响。断断续续地记录了几十年，每年一本两本，厚厚有几十本了。开始是摘录名言警句、流水账，日子久了你会每日三省吾身、思考感悟、心得体会、宣泄情绪，还有偷偷地自鸣得意。日记写多了，就积累了一些写作素材。真正的写作与文学无关，是自我的觉醒与表达。

大学毕业后，文学青年的梦就破灭了，用脚趾头想想就知道答案——吃饭要紧，于是我一头扎进生存的洪流中。

真正开始写作，我觉得是到了2009年开通QQ空间以后。

偶尔写点文字，被人转载或在某个场合被人象征性地表扬几句——有了反馈才会进步。感谢这个可以自由表达的时代，让写作可以得到即时反馈，而不是掌握在某个编辑手里。如今有了更多的传播途径和平台，尤其是自媒体的快速崛起，重燃了多少人的写作梦想。

最后，我认为独立意志和自由精神的解放，将会发掘每一个想表达的自我，而这与文学无关。

闲情

热水器维修简史

家里的热水器用了十几年，近年不时出些小毛病。热水器是德国的威能，德国造质量还算过硬。它也不是彻底罢工，只是偶尔停机，有时候敲敲它，又呼呼地点燃了；有时候旷工一夜，第二天仍能上岗。别扭的时候，它在仪表盘上显示一个鬼脸，或者一连串符号，都是看不懂的英文缩写，任你拍打、重启，仍一副死猪不怕开水烫的样子。这时候，我只好给维修师傅打电话。

当时用威能的人比较少，本地也没有专门的售后服务点，我千方百计找到原来维修师傅的电话，可师傅很忙，还得排队。

在春秋天，它三两天不工作也还罢了；在夏天，冲个凉水澡忍忍也能过；最痛苦的是冬天，热水器连着地暖，它一罢工，家里就像冰窖一样。早上洗脸没热水，晚上冲澡没热水。有地暖时，我们盖的被子都是春秋被，暖气停了，半夜冻醒，翻箱倒柜地找厚被子，到早上被窝还没暖热。真不知道小时候家里四下透风，只有一个煤火灶是怎么熬过来的。

幸福是你拥有的时候一点也不觉得幸福，一旦失去立刻就觉得回到了旧社会。判断烦恼的标准不是事件的大小，而是给你带来多少不便。维修热水器赫然排到我的日程表上，并且处在紧急的位置。

维修师傅是老熟人，对家里的热水器了如指掌，有时候隔空指导就能把炉子重新点着。不过，这次用了各种办法，还是没能把炉子救活。

维修师傅很忙，联系了几次，推了好几天。修了又坏，坏了又修，反反复复，也不好收费，犹如医生面对病入膏肓者，无力回天的挫败感。

等到师傅终于上门，他判了热水器“肺癌晚期”——风机坏了。有两个办法：

一是换个风机。已经换过一个旧风机，用了好几年了，再换需要两千元。

幸福是
拥有的时候一点也
不觉得幸福

二是换一个新的热水器，七千元左右。

我觉得两种方案都不是最佳选择。因为我不想在这套房子里久住，所以能凑合就凑合。但在“冰窖”里生活容不得凑合，于是我决定要么花七千元换个新的，要么花两千元换个风机。查了查某平台上的配件风机，价格一般在六百到八百元，但不知道是什么型号，于是我想起一个老友。

老友是个理工男，在一个电器卖场做经理，爱动手摆弄电器，会修电视机、洗衣机等，但没听说会修热水器。老友来家里打开热水器看了看，没两分钟，就像老中医号脉一样，笃定没什么大毛病，说是风机轴承没油了，时间长了产生油垢，所以不转了，加点油估计再用两三年没问题。

第二天，老友带来一个针管，里面是一管机油。我给他打下手，他三下五除二地把风机卸下来，用针管往风机轴承里打了半管机油，转动风叶，顿时旋转如风。

想起以前总是敲热水器，大概就是风机轴承被绊住了，敲一敲松动了，就能用一阵子。

风机装上，接上电源，按下开关，热水器“呼”的一声着了，欢快地歌唱，水龙头里流出热水，地暖也启动了。老友拆修安装，一气呵成，行云流水，叹为观止。

晚上回到家里，一股暖意，如春风拂面，幸福顿如泉涌，犹如彩票中了大奖。幸福有时候很简单，简单到一针管机油，就可以温暖整个家。

打脸纪事

读《论语·子罕》篇，子绝四：毋意，毋必，毋固，毋我。大致意思是，不要主观臆测，绝对自我，固执己见，自以为是。

这话一看就懂，一做就错。固执者往往不觉得自己固执，还自以为高明，说话不留余地，等到事后想起，真想抽自己大嘴巴。

十几年前，一个老同事要去北京买房子，当时北京的房价也就五六千元一平方米。我说你傻啊，买了你也不住。这哥们儿会算账，买了租给他小舅子。我说小舅子你好意思收租啊。

如今京城的房价狠狠地打了我的脸。

孔子说：不贰过。意思是，不要被同一块石头绊倒两次。但如果错误很容易改正，教训就变不成谚语。

2007 年，一个好友请我帮忙劝说她老公，不要买一个别墅区里的楼王。彼时他们一家三口，楼王六百多平方米，加上地下室四层楼，一部电梯，七八个房间。适逢年底，开发商急着回笼资金，原价六百多万元，现在打折后四百多万元。她老公觉得很合适，但她觉得房子太大。

于是，我以资深朋友的身份，劝她老公不要买楼王。房子那么大，家人那么少，七八个房间，三四层楼，一个女的在家时都瘆得慌。住这么大的房子怎么也得有“两个吴妈、三房太太”，咱才赚几个银子就住楼王，比咱阔气的人多了，低调，低调，枪打出头鸟。

当时我恰好也在买房，某知名地产的联排别墅，二百六十多平方米，一百多万元，价格适中，我就劝他们一起买联排别墅。最后，朋友勉强听了我的劝告，一起买了联排别墅。不过，七八年过去了，联排别墅也没怎么涨价。而楼王别墅不到两年，不仅恢复至原价，还涨了一倍！

多少年来，每次见朋友一家，我真想扇自己的脸。

我不知道朋友当年收入已经一两千万元了，四百万元买一栋别墅算是理性消费。后来，朋友又有了孩子，一家四口，住栋大别墅一点也没觉得大。

我囿于自己的逻辑、收入和眼界，以己之心度人之腹，就像井底之蛙问东海之鳖你从哪里来啊?!

事情还没结束。

我有个朋友是搞装修的，早年是个木匠，自己一路打拼，开了装修公司，还向上游拓展，开了家具厂。但他的设计能力有限，只能按照别人给的图纸施工，就想把设计公司开起来。我觉得朋友是施工出身，管理一帮设计师有文化差距，本地又是个三四线小城，很难留住优秀设计师，就给他泼冷水，还放出狠话:“你如果能把设计公司开起来，我——”

我都羞于记述自己没见识的话!

今天，他的设计公司就在我公司楼下，每天上下电梯总会碰到他们年轻时尚的设计师。年底，我受邀参加他们的年会，才知设计公司已经做到每年几百万元利润了。我坐在前排，羞愧难当。每个设计师上台领奖，都像在给我啪啪掌嘴。

故事还有续集。

2010年，我参与开发的一个楼盘开盘，一时火遍全城。我们的竞争楼盘也同时开盘，那个楼盘前面有个人工湖，面积不大，却宣传位居中央、面水靠山，而那山是百十公里外的太行山。我私下笑这个楼盘的广告，挖个小水坑就说是湖，看不见的山也能说是靠山，真能忽悠。

没几年，我阴差阳错地成了他们的投资人，望着楼下那坑水，我想说它像西湖一样美。

我母亲常和我说："饭可以吃饱，话不能说满。"这话唠叨了我半辈子，可怎么也没长心记住它。被打脸的难堪，大概就是我修炼路上的磨难吧。

我不是教你打架

堂嫂打来电话，说侄子被人打了。堂兄过世十几年，堂嫂寡居，拉扯着两个孩子，遇到事常打来电话询问。

侄子十五六岁，上初三，在学校被同学打了，其实并不严重。堂嫂让侄子住院，并去派出所报了案。派出所说都是未成年人，最好是双方协商解决。堂嫂又和学校反映，老师说打架是在校外，学校管不了。对方又扬言，如果告学校就把侄子再打一顿。侄子气不过，说要找人把对方打一顿。堂嫂更加害怕，一时六神无主。

我让侄子接电话，厉声地说："下午你去和他打一架，拿出不要命的精神，有砖头用砖头，有棍棒用棍棒，能叫人就叫人，能单挑就单挑，总之去和他打一架。"

堂兄过世时，侄子尚自五六岁，没爸的孩子多少缺了些种气，在外面常被人欺负。人必自侮而后人侮之。如果一个男孩在上学时没挨过打，没打过人，长大后就可能成了熊包，常常是受气的料。

十几岁的孩子打架通常打不出什么花样，无非鼻青脸肿、头破血流，很难伤筋动骨。如果敌强我弱，就三十六计走为上，实在没跑掉，就君子报仇十年不晚；如果旗鼓相当，那就拳脚、板凳、棍棒一齐上，必要时学习泰森咬耳朵都不为耍赖。孩子掐架，拼的不是块头和体力，不是武艺高强，而是一股血性和勇气，心里怯了，就已经输了。

不由得想起我的打架史，真是“罄竹难书”。我母亲常说我小时候脸上的伤疤就没有好过，常有别的家长领着孩子找上门告状，然后我爸再揍我一顿。我在外面挨打了也从来不跟父母说，说了还是一顿揍。

一次高中上晚自习，我莫名被一群人从教室挟持到操场，被扇了几十记耳光。由此发下毒誓，此仇不报非君子。没等十年，自己有了能力报仇，却看到对方的猥琐、颓唐和没落，已经没有兴趣报仇了。你选择什么样的对手，你就是什么样的人。你的强大是因为你忍辱负重、胸怀大志，而不是拳头。

最轰动的一次打架是上大学，我们被社会上的地痞流氓欺负了，和一帮同学上街打架。一个室友被人砍倒，背上一个十几厘米长、三四厘米深的伤口，血流如注，湿透了一床被子。我背他去医院，晚五分钟他的命就丢了。后来，为了追讨对手，拿着血衣各处演讲，发动同学签名，浩浩荡荡地拉了几十票人静坐抗议。我们被学校领回，严重警告，差点被开除。我的原则是，遇到事，不是怕，而是敢担当，敢面对，不惹事，但也不怕事。

思绪至此，我给堂嫂打了个电话，问有什么结果。堂嫂说对方托人来说和，赔了医药费，承诺以后不再打了，都是三乡五里的就算了。

这孩子，又失去了一次打架的机会。

怎一个“胖”字让人恨

十多年来，我有意控制体重，可人近中年，微微隆起小腹上的赘肉怎么也减不下去。看到某运动达人矫健的身姿、紧绷的肌肉和蛊惑人心的“A 4 腰”，我就下决心要练出六块腹肌。可几年过去，赘肉仍在小腹，还似乎有随时隆起的意思。

见到久未谋面的亲友说“哎呀，近来瘦了”，这句话应该被评为二十一世纪最佳赞美语，每个听到这话的人都暗自窃喜。但我自知只是没有肥胖而已，瘦还谈不上。这句话其实很阴险，很多人不知道是身体瘦了还是衣服瘦了。

不知从什么时候开始，原来的帅哥靓女吹气一样胖起来，好像喝口凉水都会胖，人人都喊减肥，哪个女的要是没喊几句减肥口号，好像就要被抛弃了一样。各种减肥机构如雨后春笋般出现，各种减肥药如过江之鲫，各种减肥计划列了几大本，但总是半途而废。丰乳肥臀的美女恨不生在大唐盛世，可风水轮流转，赵飞燕式的清瘦是这个时代的审美主流。

最为痛恨的是已为人妇的窈窕淑女只几年未见，瓜子脸就变成南瓜脸，水蛇腰变成水桶腰，小鹿腿变成大象腿。遥想当年小蛮腰，回眸一笑百媚生的楚楚动人碎了一地，让多少钦慕男子为之扼腕。

肥胖大多和生活习惯有关。美国胖子多，因为美国人喜欢吃高热量的食品，热狗、汉堡、炸鸡腿等。而日本人除了相扑运动员，很少有胖子，主要是饮食清淡，少食油炸食品。还有一种肥胖是因为遗传和气候，俄罗斯少女很美，婚后就成了俄罗斯大妈，动辄二百磅，肥胖的人连生育都成了问题。

肥胖，有两个字是逃不掉的：馋和懒。

有句减肥的口诀朗朗上口——“管住嘴，迈开腿”。胖人上来就回你一句：你每天背五十斤一袋的面跑跑试试。这话说得理直气壮，不胖怎知胖人苦，谁不想瘦啊。

有一种肥胖是“心饿”，对先前的饥饿记忆犹新。就像我的父辈，没事在家里就弄点东西吃吃，你问他饿了吗，不饿，只是看见吃的就想吃，因为小时候饿怕了。不停地吃是一种习惯，不是胃里饿了，而是心里饿了。好似食草动物，吃饱再说，等一会儿再反刍，可这年月哪有反刍的机会呢?

胖子在食物面前都有风卷残云的食量和气吞山河的生猛。胖子一般都是好胃口，他们不挑食，一小碟咸菜，一块臭豆腐，一个热馒头都会吃得啧啧有声，津津有味，大汗淋漓。

就像每个戒酒的人说不喝不喝又喝了，喝着喝着又多了。减肥的人下定决心不吃了，可说着不吃不吃又吃了，吃着吃着又多了。身边有个胖子爱吃红烧肉，每次必点。每当红烧肉上来后，大家就劝：“你的最爱，吃吧，吃吧。”胖子一时扭捏起来：“不吃，不吃，我现在减肥。”他一边说着，一边筷子鬼使神差地伸向红烧肉，入口发出“嗯”的一声，一脸餍足的享受。

肥胖的人常被告诫，过度肥胖的隐患有糖尿病、高血压、高血脂、心脏病、脑溢血、痛风等。甚至有人拉出大数据，说四五线城市是心脏病、脑溢血的高发地带，因为人们刚刚富裕，吃喝不愁，所以多有肥胖。倘若以后有钱都去看病买药了，哪还有钱吃呢？

肥胖的人大多缺乏控制力，连自己身体都控制不了，还能控制好什么呢？看那些社会精英，虽不是身轻如燕，但也少有大腹便便，他们积极参加各种运动，很多都是运动达人。有调查说，富人大多注重保养和锻炼，而穷人没有机会锻炼身体、合理安排饮食，所以导致肥胖。其实，肥胖和生活习惯、遗传因素、是富人或穷人没有一毛钱关系，只和一个人的自制力有关系。

美国的保罗·福塞尔在《格调》一书中说：“您的体重就是您社会等级的宣言。一百年前，肥胖是成功的标志。但那样的日子已经一去不复返了。今天，肥胖是中下阶层的标志。与中上层阶级和中产阶级相比，中下阶层的肥胖者是前者的四倍。不光是数量上的四倍，还是四倍的可见度。炫耀肥胖是贫民的又一标志，似乎意在向较高阶层进行最大程度的美学冒犯，从而达到某种形式的报复。”

真让人焦虑，又没有招谁惹谁，胖一点怎么就成了中下阶层。曾几何时，肥得流油还是一句佳话啊。

《格调》接着说：“既然肥胖惹眼又多余，上层阶级便拒斥肥胖。”麦克尔·科尔达在他的《成功！》一书中一语中的，他发现“瘦很昂贵”。

行笔至此，不知要挨多少胖子拍来的板砖。一想到“唯美食与美人不可辜负”，休要提满汉全席、山珍海味，就是过桥米线、热干面，米皮、凉皮、肉夹馍，火锅、涮锅、麻辣烫，火烧、油饼、胡辣汤就让人把持不住。“你还是杀了我吧，臣妾实在做不到啊。”“小二，再上一盘红烧肉，就这么当个快乐的胖子吧。”

这次第，怎一个“胖”字让人恨。

记忆里的年味

年过完了，我真希望过年像小时候一样，充满期待和喜悦。然而，除了身体负担过重的吃喝，我几乎一无所获。不知道三十年后，我们的孩子对于过年还能记得什么。

每个人心中都珍藏着过年的印记，充满了甜蜜。我有关过年的记忆或许和你的不一样。

过了腊八就把年来盼。腊月十六以后，小镇的街上买年货的人，摩肩接踵，水泄不通，有钱没钱都要过年。买春联、鞭炮、香烛、核桃、红枣、瓜子糖、蔬菜瓜果（那时好像水果很少），再割条猪后腿，关键是大人孩子的新衣服，那是不能少的。

到了腊月二十三，是北方的小年，晚上奶奶捉一只大红公鸡，在灶房里给灶王爷当马骑。我很长时间都不能理解为什么公鸡能当马骑。灶台上摆着几样好吃的，但是要等到奶奶烧过香、放过炮、磕过头，全家人到齐了才可以吃。一人一根祭灶糖，小心翼翼地吃，慢慢地品味香甜，唯恐掉下一粒芝麻。小年时，无论人在哪里都要千里迢迢地赶回家。即便当天某个人没有回来，也会在第二天补一个仪式，说明一家人团团圆圆，一个都不能少。

接下来是扫房子、搁油锅、蒸馒头、杀鸡、煮肉、洗澡、贴春联、包饺子。犹记早上鸡笼里的鸡一个个争先恐后地等着鸡笼打开，父亲瞬间捉出一只急着出笼的大公鸡杀了，扔到地上公鸡还会扑棱一会儿。第二天，鸡笼里的鸡没有一个争着出来，看来杀鸡不仅对猴有作用。

我最欢喜的是帮着烧锅煮肉，一边烧柴火一边闻着煮肉的香味，不时掀开锅盖看看，垂涎欲滴。肉煮好了，我可以被母亲犒劳一根骨头啃啃，那是不可多得的美味。最烦的是跟父亲贴春联，天冷得伸不出手，还要用水把门上原来的春联、年画洗掉，真讨厌，为什么去年贴得那么结实。洗掉之后，再用糨糊贴上新春联。整个过程伴随着父亲的训斥：笨手笨脚，眼里没活儿。

家家户户的春联一贴，红灯笼一挂，处处弥漫着喜庆之气，不时有人放几挂鞭炮，年味就有了。

洗澡不是一件令人愉悦的事。那时澡堂很少，过年托了熟人到附近化工厂内部澡堂里洗澡（二十多年后，我娶了厂长的女儿做媳妇，要是当时就娶了他家女儿就好了）。澡堂里，人多得像下饺子，膝盖上沉积一年的污垢黑得像穿山甲。父亲把我拎过来，给我搓澡恨不得把皮都搓掉。这或许就是现在过年前，我都要领着父亲去洗一次澡的原因。

看春晚是多少年的保留节目。吃完饺子，一家人坐在电视机前，上厕所都是快去快回，生怕错过精彩节目。马季、姜昆是主流，几年后赵本山出道，经典台词都成了当年的流行语。

除夕要守夜，洗脚。等到零点以后，在迎新的鞭炮声中睡去，在五更的鞭炮声中醒来。起来煮饺子，给牌位磕头，给爷爷奶奶磕头，给叔叔大爷送饺子，去祠堂祭祖，给全村的老人挨家挨户拜年磕头，去祖坟烧纸。

年味总是混合着鞭炮、烟花、香烛、烧纸的味道，还有隔壁三爷家点的檀香味，新出锅的煮肉味。年味是“出门见喜”的春联，是起五更时的新衣服，是大年初一的压岁钱，是给长辈磕头的恭敬，是五角钱买的一串糖葫芦，是大队部门口的秋千，是村里的高跷锣鼓。

如今，我住在城里，这些都已远去。

家里没有天地君亲师，列祖列宗的牌位，厨房里也没有灶王爷，没有爷爷、奶奶的遗像位，我媳妇过年也不烧香磕头。年货超市里应有尽有，孩子恨不得天天有吃不完的糖果，他们对肉已缺乏兴趣。看春晚也有一搭没一搭，大家各自拿出手机抢红包，相聚也没有彼此问候这一年里过得好或坏，鞭炮已经禁放好久，似乎好多年都闻不到年味了。

当一切都远去，年味却在心底暗暗发酵。

我虽然远离乡土，却在努力寻找渐渐消逝的年味。

年前，我会去花卉市场买几盆花，水仙、海棠、杜鹃、百合。母亲那里放几盆，自己家里放几盆。红红的杜鹃和海棠添了几分喜气，水仙花透出几分春意，再把好久不用的花瓶找出来，插上几朵百合和雏菊，过节的意思迥异平时。

我拒绝赠送的春联。买几张红纸，亲自裁好铺开，让女儿过来拉纸，饱蘸墨汁，努力像当年老师写春联时的样子。“把酒当歌歌盛世，闻鸡起舞舞新春”，横批“万象更新”。然后，让女儿帮着去贴春联，骂她笨手笨脚，眼里没活儿。女儿一脸迷茫委屈：“爸爸，你自己能干为什么让我和你一起干呢？”

大年初一的早上，我和兄弟一起到父母那里，给父母磕头，让孩子也依次磕头。接着我驱车到老家，先在家里烧香，再去祠堂祭祖。我领着一家人，到村子里转转，见面了，握握手，问声好，鞠个躬，给村里日渐稀落的老人磕头拜年。孩子和媳妇很茫然，很多人不认识，为什么还要去拜年呢？我想起幼年父亲拉着我的手跑遍村里的家家户户，给人拜年，人家总会抓一把糖果给我，兜里塞满糖果和零星的压岁钱是最大的喜悦。有一年，不知道是哪家发了几个气球，一群孩子吹起来玩得不亦乐乎，后来才知道那是避孕套。

原来家里来了亲戚是要磕头拜年的，父母总是摆手制止，在谦让中大家也就顺势免了。今年几个侄女、侄女婿一大家人来，我坚持劝说父母要接受大家磕头拜年的方式。在一片起哄声中，大人孩子都依次磕头，完成了拜年的仪式。

中午吃饭，我打开珍藏多年的茅台，想让这个春节显得饱满而有仪式感。我给父母敬一杯，给叔叔婶婶敬一杯，给兄弟姊妹敬一杯。我希望家人喜乐安康，同时也想让孩子们知道，浓浓的亲情来自用心的营造。在其乐融融的亲情中，年味似乎回来了。

那些充满甜蜜回忆的年味，在岁月里给我带来的何止是回忆，还有因为物质匮乏而不得不延迟的满足感。过年时各种忌讳的神秘，带来的对天地万物的敬畏心，对父母长辈的恭敬心，对一切来之不易的珍惜。

这些，或许都是在那些幼时过年的各种仪式感的画面里，一点一滴地沉淀并塑造了自己。而此时我们可以做的，或许就是把这份仪式感传给我们的孩子，让他们继续传承这份年味。

美好而惬意的事

人生有些美好而惬意的事，罗列如下：

一、三月桃花开，人间四月天。

二、春秋佳日，风雨如晦，故人不期而至。

三、大雪封门，有朋持酒而来。

四、天晚欲雪，朔风呼啸，三五故旧，围炉小酌。

五、闸蟹，黄酒，老友。

六、阴雨天，睡慵懒觉。

七、寄手书一封于友人，遥想其读信之状。

八、收到心上人的礼物。

九、送礼物于人，恰是对方心仪已久、尚未入手之物。

十、收了礼，默记心上，待合适时机不经意回馈。

十一、月上柳梢头，人约黄昏后。

十二、新婚之夜，细数礼金，憧憬种种用途，忘却春宵一刻。

十三、可人女子不经意地理披肩长发。

十四、长途之旅，与温婉养目之美女对坐，虽无言语，心下戚戚。

十五、女子写一笔好字。

十六、得一好书，手不释卷，废寝忘食。

十七、有后生求教，一一解之，释然而去。

十八、晚到登机，免费升舱。酒店客满，免费调到豪华房。

十九、打牌赢小钱，杠底开花。

二十、看小儿咿呀学语，蹒跚学步。

二十一、听小儿背诵诗文，如瓶中泄水。

二十二、大雪后，携小儿，堆雪人。

二十三、看小儿雨后踩水。

二十四、给小儿讲猎奇故事，被小儿紧抓不放。

二十五、醉后，小儿端蜜水至床前。

二十六、雾霾爆表，大风忽至。翌日晴空万里，在朋友圈竞晒晨辉落日。

二十七、朋友借钱如期而还，如得意外之财。

二十八、去陌生地，吃地道菜，喝本地佳酿，聊异地风物。

二十九、饥肠辘辘，饕餮美食，大快朵颐。

三十、排队候重庆火锅，心如火燎，待红汤初沸，下箸第一口。

第一次“跑马”

一百五十公里外的另一座城市有一场迎新年半程马拉松比赛。

当地气温最高四摄氏度，最低零下八摄氏度。新年第一天，格外的冷。

已经报名了，去还是不去？

我开始跑步时，立下一个小小目标：半年跑一个“半马”，一年跑个“全马”。这期间错过了两次“半马”。一次，因为刚入门，体能跟不上；另一次，因为……我都懒得编理由了，就是没有强烈的意愿。

眼看又到年底，跑个“半马”的小目标若隐若现。但我已经四处招摇、夸下海口，要给别人分享视频，公众号里宣扬得热火朝天。

11 月中旬，初冬天气骤冷，我刚跑了十公里，膝盖就隐隐作痛。教练和康复医生建议我暂停跑步，慢慢恢复，休息了半个多月。

进入 12 月，三天打鱼两天晒网，雾霾不愿跑，天冷不想跑，喝大酒不能跑，膝伤的隐忧也不时困扰，只断续跑了几次。12 月的跑量就像一条小溪，浅得淹不过脚踝，是否能应对一个“半马”？我心里一直打鼓。

每年元旦，一个老友都会举办一场结婚纪念日，雷打不动。2020 年是他们结婚二十周年，他提前多日给我打电话，还把制作精美的邀请函发来，指定任务，要我分享幸福的话题。扳指一数，我自恋地认为，我是他朋友圈的幸福前三甲。时间冲突，盛情难却，还跑不跑了？

我还随口答应女儿，元旦那天下午陪她和小朋友一起做手工。现在去“跑马”，回来只能让她数落，爸爸是谎报狼来了的小孩，让我情何以堪？

跑团里原来要一起跑的跑友，这时候都像在冬眠。群主一再张罗免参赛费，提供各种后勤支持，推荐酒店、路线、赛后温泉，可就是应者寥寥。那么多人，一个个像小学生一样编出各种理由不去上课。别人都不去，自己去了是不是显得很傻？

群内的一个跑步达人，一年跑了十二个“半马”，一个“全马”，承诺和我同行，请我吃饭。我以为吃完后一起出发，谁知他蓄谋已久地说：“老兄，晚上有个场实在推脱不掉，不能陪你跑了。”釜底抽薪。不能去你早说啊，把我推上墙头，箭在弦上，不得不发。我差点当场吐饭！

我还是咬牙要去。

临行发现，我随身的包里没带跑步的手机腰包。作为菜鸟，没有运动软件的步频提示，简直不知怎么迈腿。

到高铁站后，我发现没带身份证。幸好车站检票不像二十年前，都通情达理，驾驶证也可以上车。感谢现代科技，到了酒店人脸识别，没有身份证也可以入住。

想做一件事，改变自己，有一百个理由放弃，如果没有放弃，那还有一百〇一个理由等着。放弃，我们一直还是原来的自己，减肥的还肥着，戒烟的还抽着，戒酒的还喝着。

我不想放弃，想有所改变。

我事前担心膝伤，特意咨询了教练，找了专业的运动康复医生，做了全面检查。这次不仅膝盖没问题，医生还给我做了防护措施，贴上肌肉贴，只要慢点就行。我终于吃了颗定心丸。

教练和跑友反复叮嘱，第一次参加马拉松，要以完赛的心态对待，千万别追求速度，切忌激动亢奋，前面猛跑，后面前功尽弃。很多初次参赛的人，跑“半马”最容易出问题，觉得“半马”不就是两个十公里吗，为了个人最好成绩，最后冲刺，整个爆掉。

天气寒冷，人头攒动。在拥挤的人群中来不及热身拉伸，随着开赛枪响，我开始了懵懵懂懂的第一次半程马拉松。

照资深跑友的指导，我前半程一直压着跑，配速在6：30。

十公里后，感觉体内有一匹奔腾的小马，按捺不住，提高配速 5：30 左右，然后看着配速表一点点提高，6：20，6：15，6：10。临近最后三公里，6：03，保持速度，最后 PB（个人最好成绩）6：00，完美!

实现目标，就是最大的犒赏。

我发了朋友圈，用第一次破纪录的完赛迎接新年，得到了几百个点赞，每个点赞都像女儿发的小红花一样。

挑战一项新活动，就像拓宽了另一个与世界对接的频道。在这个频道里，参与者体验到了同频共振的欢乐，独特的体验，不足外道——“此中有真意，欲辨已忘言”。

跑步与禅修

2015年，我去参加戈壁挑战赛。赛后，我问中欧A队一位大咖，在戈壁跑步是什么感觉，在跑步时会想些什么。她说什么都不想，观照呼吸。

这话说得像打禅机。

小和尚问：如何是佛祖西来意？

老和尚答：庭前柏树子。

菜鸟问：如何是跑步？

“跑神”答：呼吸。

大咖的禅语，在我心里种了草。

有一项数据统计表明，如果你朋友的朋友是个胖子，你肥胖的概率就会增加30%。如果你朋友圈里有一群跑步的人，他们不是在“北马”“深马”，就是在“波马”“柏马”，单单是一瞥奖牌、冲刺、奔跑和相拥，就不免让观者肾上腺素激增，欲临现场一睹为快。

最让人痛恨的是他们还每天发朋友圈，或风景胜地，或公园海滨，晨晖夕阳，图片唯美。图片上角标示 10.38 公里，消耗 738 大卡，似乎像起床后伸几个懒腰一样轻松惬意。图片上写着“奋斗没有终点，任何时候都是一个起点”“面对任何困难，只要不困，都没那么难”“我在 ×× 圈的 118 天”，文艺得“一塌糊涂”，励志得犹如一碗猛料鸡汤，让人一口干了，就想立即换上跑鞋，出去刷个 10 公里。

古语有云，临渊羡鱼不如退而结网。于是，我翻箱倒柜，找出跑鞋、跑步穿的短裤和衬衫，重新开始跑。就像很多菜鸟一样，我随心所欲，有一搭没一搭地跑，忽快忽慢，忽长忽短，没要求，没计划，没目标，仍不解跑步达人痴迷于此的乐趣。

直到有一天，我的好朋友从深圳回来，她曾是中国人民大学戈壁挑战赛 A 队的队员，现在是中国人民大学戈壁挑战赛的陪练指导。看了我的跑步数据，她给我指出很多跑步的误区和不良习惯。

她教我跑步前充分热身，跑过之后要拉伸；应该增加步频，缩小步幅，最经济的步频是 185 ~ 190；她建议我打开专业运动软件的步频提示器，根据提示器按节奏跑。

我关掉所有音乐，专注跑步。

我以前跑步时会听各种音频，难免分神。如果听音乐，不免随着音乐忽快忽慢，以致速度不稳、步伐凌乱，甚至跑跑停停，遇到某处风景还不忘拍张照片。

从此，我按照教练的指导跑：跑前拉伸，充分活动；跑时心无旁骛，关注呼吸和每个动作；跑后拉伸，直到心率平复。

经过一段时间的练习，我逐渐找到了适合自己的步频，慢慢地形成了节奏一致，速度一致，身心一致，人境一致。精神高度集中，只听得到自己的脚步声，一吸一呼，关注跑姿，两脚触地，双臂摆动，浑身肌肉似乎都在律动。

我以前跑步从来没有关注过心率、呼吸和姿势。此时听着步频提示，一时间竟忘记了跑步的我和周围的人，即使美景如画也难以入目，体会到如高僧入定般的愉悦。

我忽然顿悟大咖的话：跑步就是呼吸。

跑步就像禅修。

运动能让人分泌多巴胺，多巴胺会让人愉悦。如果加大运动量，荷尔蒙的分泌也会增加，使人感觉精力充沛、身心愉悦。

原先我只能跑四五公里，经过一段时间的训练，跑到六七公里之后根本停不下来。此时我感觉身轻如燕、步履矫健，不由自主地想继续奔跑下去，体内充满澎湃的动力，犹如少年。

村上春树在《当我谈跑步时，我谈些什么》中说：“当你不顾一切地坚持跑完，便觉得仿佛所有的东西都从躯体最深处挤榨了出来，一种类似自暴自弃的爽快感油然而生。”

跑步人常约跑。他们跨越高山大海，一起“跑马”，抑或

跑步可以开悟

在一个城市和另一个跑友一起刷圈。在步频一致、并肩齐驱的唰唰声中，他们俨然完成了一次神圣的仪式。跑步的至高之境就如一次洗礼，让人完成从肉体到精神的升华。

无论做哪一项运动，人在心流驶过的高潮中，都浑然忘我，与神相连。

第一次直播

我第一次在网上分享读书会，个中滋味，如人饮水。

网络日新月异，甚至让人有了人间一日、网上千年的时光错觉。我记得十年前有一次出差，有个“60后”老兄比我大七八岁，临行前他一再说那边有朋友已经安排好宾馆了。我问他为什么要朋友帮着联系宾馆，他说那地方咱们不熟悉，朋友有熟识的宾馆。我恍然大悟，原来他不会用网络平台，没有在网上订过宾馆。

一代人有一代人的优势，时代给了每一代人红利，而前一代人在后一代人面前只能像一个局外人。

即便是罗振宇这样的互联网创业翘楚，仍然会有盲区。他曾说自己看不懂B站。我听后才知道有一个bilibili——汉语叫“哔哩哔哩”的视频网站。我试着看了，先把弹幕关了，太吵了。如今，哔哩哔哩已是中国的YouTube。

当直播成为互联网新宠，网络直播直冲云霄。我对于短视频App，内心还充满着排斥，觉得浪费时间。傲慢让我无视这似乎是小儿科的新生事物。而人往往是在鄙视和不屑中被抛下时代列车的。

十几岁的女儿常拿我的手机玩，哪怕只有几分钟，手机从输入法、界面，到软件设置都会发生变化，我每次都要费尽心力恢复原来的设置。她们这个年级毫无顾忌，无所畏惧地尝试一切新生事物。

有一个行为可以验证你是否变老了。当你对新电子产品的说明书或遥控器失去耐心，需要打电话问客服或寻求帮助时，你就真的老了。

变老的表现不是年龄增长，而是抗拒变化，习惯待在舒适区。

“晨光读书会”以往都是现场分享，我也习惯现场分享，可以看到听众的表情，感受现场的气氛。但疫情暴发后，大家没办法线下聚会，只好线上直播。

这是一次挑战。我按照说明下载软件，发现有好几个版本，除了苹果的 IOS 版本，还有安卓、Pro 版本。随软件下载而来的还有很多垃圾软件，令人不胜其烦。

经过摸索、咨询、尝试，软件终于能用了，我前前后后花了一两个小时，其间多次有想把电脑砸了的冲动。

很多听众都已到场，我还在手忙脚乱地设置软件，要么没有声音，要么有声音没图像，要么有图像没法共享，要么共享了又没办法把软件悬浮在电脑页面。直播间一片嘈杂，原来是我忘记关闭听众的话筒了。

直播开始，我更加不知所措，幸而有好心的朋友不时打来电话指导。

等到一切正常，我的脑子却一片空白。听众失去耐心，有人退出了直播；有人看到一个家伙对着屏幕张牙舞爪，不时把脸凑到镜头前，展示他的皱纹和白发，幸好没有闻到我的口臭。

一个人对着电脑屏幕，没有反馈，只能自说自话。哪怕嘘声四起，也能让我知道我不是在自言自语。那些自认为精彩的话淹没在肚子里，只对着 PPT 照本宣科，这让我想起很多拙劣的老师和领导。

我不知道是怎么熬过一个多小时的。

互动环节，很多朋友不吝溢美之词，满足了我的虚荣心。甚至还有朋友微信留言，除了造型，什么都夸到了——直播前我沐浴更衣，差点画了个浓妆。

勇于尝试，才能不断拓宽自己的疆域。我想起乔布斯在斯坦福大学的演讲：求知若饥，虚心若愚。

茅台的故事

中国有两种酒：一种是茅台，另一种是其他酒。

我第一次喝茅台是大学刚毕业时，在一个工厂里实习。彼时大家都喝两元五角钱的仰韶酒，光肚玻璃瓶，没喝到茅台以前，一点儿也不觉得劣质。那时候，茅台二百多元一瓶，相当于我一个月的工资，就像现在喝江小白的小伙儿，忽然有一瓶两千多元五十三度飞天茅台摆在面前，那是做梦也没有的情节。

但是有一天，茅台忽然被摆在了我的面前。一个同学在对门工厂里实习，一天他兴奋地打来电话，要我过去喝茅台。公司老板宴请客人，他负责服务，客人没喝完，酒壶里还剩一点点。哥们儿的侠肝义胆令我感动，他说："马上过来，有茅台。"

摆在我面前的是一把年代久远的锡壶，拿起来沉甸甸的，就像茅台一样有历史的沉淀。虽然不确定壶里还剩多少，但我俩兴奋得难以名状。酒桌已撤，没剩一口下酒菜，但总不能为了壶里那点酒再去整两个菜吧。

倒了两杯，酒色清澈，嗅一下，一股酒味扑鼻而来，“嗯，好酒就是好酒，这酒多香”。两个家伙感叹着。

一口喝下，满口辛辣，舌苔发麻，酒顺着喉咙像一条火龙一样直抵胃部，和两元五角的仰韶酒根本不是一个档次。仰韶酒寡淡无味，半斤下肚还没感觉，这茅台酒喝起来却直入五腹，直上云霄，直接上头。

没倒几杯，壶里就没酒了。我俩把酒壶朝下，滴了又滴。两人意犹未尽，回味茅台的余韵，绵绵不绝，张口吐出的不是酒气，而是如兰芬芳。

隔日我还沉浸在与茅台的“初吻”中，哥们儿打电话说：“昨天咱喝的不是茅台，是二锅头！”原来老板喝到半截没有茅台了，临时开了一瓶二锅头，他在外面忙活就没看见。

我真想掴他一个大嘴巴。

人生活在故事里，酒也是。茅台在众口铄金的传奇里，被添枝加叶，当仁不让地被推上头把交椅，其他酒唯它马首是瞻，依次排座。高端的酒局里，茅台是标配。没有茅台，那还是酒局吗？

茅台当角儿主唱的酒局里，第一个话题就是酒的来路。众客人先得让主人讲讲酒的故事，何年何月何人，什么关系，什么渠道来的，在家里放了多久，最好是十年以上。如果没有，五年也能略充门面。经主人铺垫，再验明正身，尊贵浓缩在故事里，喝的就是个面子。

喝茅台，真假是永恒的话题。怀疑酒的真假等于怀疑请客之人的诚意和能力，哪怕用茅台瓶子装着二锅头，也要慷慨地一饮而尽。

喝茅台，不能随意喝，一定要把酒放在不显眼的显眼位置，不经意，不刻意，却要让人在意，让所有到场的人都知道今天喝的是——茅台。

当然有时候茅台不适合昂首挺胸、招摇过市，只好委屈将它倒进塑料瓶子里，当矿泉水来喝。

有些场合喝茅台，会让人痛苦不堪。敬酒让酒，规仪烦琐，虚与委蛇，交往酬酢；小杯继而大杯，微醺继而大醉，胆汁合着胃酸，琼浆伴着流食，喷在小便池里、路边、车里、家里的地板上。喝了一肚子的玉液仙浆，吐出来一肚子的酸甜苦辣。我对茅台的记忆是胃酸灼伤食道的辛辣，犹如一场噩梦。

茅台不是酒
是故事
庚子冬
金石作

有些场合喝茅台，却让人回味终生。有一次，我去贵阳探望老友老卢，他父亲老老卢，是一个老作家，扎裙下厨，整了三两个小菜。在逼仄的饭桌上，老老卢从里屋摸出一瓶茅台。他没有谈论年份、来路、故事，甚至只字未提“茅台”。一杯三嚗，宾主娓娓，故人往事，人生际遇，浓浓真意，微微醉意，不觉酒罄。

低调而奢华地喝茅台，最好是在功成名就之后，喝茅台如喝矿泉水，衣锦还乡。深夜里邀三两故人老友，寻一家当年常去的街角小店，味蕾上仍留着艰难岁月对猪头肉的一往情深。在街边支张桌子，点几个土菜，油炸花生、卤煮火烧、什锦砂锅，再来五个猪蹄，羊肉杂碎汤加双份肉。要随意在腋下夹一瓶茅台，放在桌上，就像二十世纪九十年代初把大哥大电话放在桌上一样。此时茅台的小杯已经不能释怀，要拿一个小碗，大口吃肉，大口喝酒。老板搓着手，一脸谦恭道：“这菜可配不上这酒啊！”闻者心下畅快，道：“来，来，干一杯。”我脑海中浮现囊中羞涩时喝仰韶酒的窘迫身影，此时只能把酒肉吃喝得更猛烈一些，用暴殄来补偿当年的匮乏。

关于审美

叔本华在《人生的智慧》中有两句话：

人们最终能够理解和欣赏的事物，只不过是本质上和他自身相同的事物罢了。

取悦我们的思想深度，刚好就是我们自己的思想深度。

我深以为是。

一个人无法欣赏他自身审美水准之外的美。

二十多年前，我刚刚创业，开了一家小茶楼。朋友介绍一位书法家来喝茶，书法家留了一幅墨宝。那幅字龙飞凤舞、张牙舞爪，很多字我不认识，觉得像孩子的涂鸦。我心想这么丑的字，不过是徒有虚名罢了。因为是名家，所以我也就挂出来充充门面，但心里满是鄙夷和不屑。

那时，我对书法的欣赏是农村老家春节时门口贴的对联。我的书法启蒙老师的字，横平竖直，街头牌匾，正楷行书，即便是行书也人人都认得。后来，我对书法的兴趣日渐浓厚，读帖临帖，能看懂“二王”一路，对颜柳欧赵、苏黄米蔡，真草隶篆也能窥见一斑。再看那幅令我不屑的字，越看越耐看，整幅作品的每一笔都有出处，有历代名家的一鳞半爪，某一笔是“二王”，某一笔也有米芾的影子。

大略艺术到了臻界就像孩子作画，曾看到一个画家晚年作画要向自己的孙子学习，返璞归真。就像有人看不懂梵高的画，看了梵高早年的画后，才知道他的功力深厚。梵高很早就不画中规中矩的画了，不是他不会，是他早已超越世俗。

如今我看女儿写的字，虽然歪歪扭扭，但天真烂漫，一片欢喜，毫无雕琢，笨拙得无法模仿，每一笔都是我手写我心。而我辈的心早就被尘世污染得一塌糊涂，要去掉心中蒙尘不知道要修炼多少年、扒掉多少层皮，才能见到真我本色，那一片赤子之心。

读书亦是如此。随着阅读和鉴赏能力的提高，人们早年爱不释手的读物，如今早已没有兴趣。

年少读金庸、琼瑶、汪国真，如醉如痴，废寝忘食。几年前偶然得到金庸武侠小说全集，本想旧梦重温，可拿起《射雕英雄传》《天龙八部》翻了几页，却怎么也看不下去。故事的新奇感，小说的结构、行文已不再吸引我，甚至感觉有些章节逻辑不通。而琼瑶和汪国真，过了高中就再没有兴趣了。

年少时，电视上出现维也纳新春音乐会，会迅速拿起遥控器把电视跳过去。流行音乐是青春的阳光雨露，没有情歌的靡靡之音，不知道青春应该怎么度过。如今流行音乐已经难以激起共鸣，少时听不懂的弦乐、交响乐反而让人沉浸其中。现场的交响乐让人一时忘我，而同去的孩子却如坐针毡。人生体悟的丰盈程度与音乐表现的复杂程度成正比。一个十几岁的少年，听贝多芬的《命运》激发不起他对人生的思考，而如今竟听得我泪流满面。

每个孩子都喜欢看动画片，《小猪佩奇》《熊出没》《奥特曼》，随着年龄的增长、知识的丰富，它们只能成为幼时的记忆，无法再让人如醉如痴。幼时的动画片无法再取悦我们，就像如今我再也不看《铁臂阿童木》和《聪明的一休》一样。

有些美，无法欣赏，就像阅读天书，在于我们内在没有解读美的语言；有些艺术，无法取悦我们，在于美发出一个信号，而我们接收不到。

我们无法欣赏某些美的时候，会像一个五六岁的孩子读一本没有图画的书一样，充满了厌恶。美，一直都在，问题在于我们有没有一双发现美、欣赏美的眼睛。而发现美和欣赏美，需要我们能学习更多解读美的语言，汲取美的素材，美才能与我们“心心相印”。

理想的早餐

一

理想的早餐不是路边小摊。

匆匆上班者，睡眼惺忪、蓬头垢面，要一份豆腐脑，来一根老油条，称一块老油饼（那一锅老油不知已熬了多久），或者盛一碗胡辣汤，就着油污不堪的桌椅板凳、公共的筷勺碗碟，匆匆果腹。

理想的早餐，也不是闹市中的中式快餐店，某家肉饼，来一杯热豆浆，加一个卤蛋；或者一根油条，一个包子，一份煎饼果子，再来一碗绿豆粥。

理想的早餐，也不是在星巴克排队要一杯拿铁，一份三明治，带到办公室里，打开电脑，就着邮件，开启一天的工作。

理想的早餐，也不是五星级酒店的千篇一律，按部就班程序化的冷与热的蔬、果、面、粥、奶、煎蛋……虽是中西混搭，琳琅满目、荤素俱全，但标准化的过剩选择让人鲜有食欲。

理想的早餐，粤式早茶算是一种。一壶普洱，一份叉烧包、水晶虾饺、鲍汁凤爪，外加一碗皮蛋瘦肉粥，其他随意。当然还要有一份当天的早报。几个街坊老头老太可以吃上半个上午。然而，年轻人的快节奏生活却难有这样的享受，惬意于他们渐行渐远。

有一次，我去湖南衡阳，朋友带我一大早去吃衡阳的鱼泡米粉。现杀的鱼，鲜鱼头在锅内烹炸一番，再加水以大火炖开，鲜美的鱼汤一沸腾，放下米粉，稍后盛出，无须别的调味，就已经鲜美得令人垂涎欲滴了。倘若再放一点湖南的辣酱或鲜辣椒，堪称人间绝味。

中秋时节我去贵阳访友，神侃至天色将白。晨起风紧雨细，弃酒店早餐不用，老友带路，撑一把伞，走几条街，寻一小店，店内拥挤不堪。叫碗牛肉粉，瓷碗盛出，浮油没顶，花椒粉、干辣椒少许，一时米粉与牛肉齐飞，酸菜共红油一色；粉滑肉劲，酸辣麻香，埋头不顾言语，吃毕头冒大汗，大呼快哉。

此种早餐乃是人生稀有之理想早餐，不仅在于美食，更在于应景的人。囿于南北差异，对于北方人而言，这样的美味也只能偶尔尝到，可遇而不可求。

二

理想的早餐，不在街头，亦不在馆子。做早餐的人多是为了生计，吃早餐的人多是为了果腹；做早餐的人不是为了奉献美食，吃早餐者亦不是为了享用自然之味之美。

理想的早餐，不落于年轻一族，亦不落于垂暮之年。年轻的时候要么不吃早餐，要么吃不出早餐的味道；年老的时候，齿落舌钝，味蕾退化，更是无力品味理想的早餐。

理想的早餐适宜中年，孩子尚小，父母安在，家有贤妇或贤夫。孩子正在成长，中年需要食补，贤妇或贤夫有心操持，父母尚能帮手。

理想的早餐，适宜新潮女性，准备果蔬汁、沙拉、牛奶、煎蛋、培根、面包、咖啡、燕麦粥等，摆出各种美轮美奂之造型，晒微信以沉浸、以炫目、以悦心、以享受。

理想的早餐，亦适宜传统审美的母亲，蒸包子、拌黄瓜、煎鸡蛋、摊油饼、熬米粥，无造型、无美图、无点赞，默默做，美美吃。

二者之间的区别不在于形式内容，而在于对食物的敬意，对吃者的爱心，对生活的用心，对生命的热爱。

理想的早餐，不是刻意而为，而是融在平淡的生活里。每日的生活还须活在日复一日的平常中——晨练之后，洗去一身大汗，换洗完毕，此时胃口大开。或者睡到自然醒，慵懒地在客厅里伸一下懒腰，稍稍活动一下筋骨，然后不紧不慢地洗漱，阳光透过窗户洒在客厅里，今天是个好天气，亦有了好胃口。

围坐餐桌前，果盘中放着三五样水果，最好有红富士苹果，抑或有“爆款”褚橙、柳桃，赶着潮流，尝个新鲜。如有柚子，也是不错。偶有朋友寄来的特产水果，如城区不远处产的黄金梨，深秋后山东的歪把山楂，都让人想起“蔬栗菜果随意享，案头不仅酒一壶”的惬意。

有时候，盘里的水果从老家葡萄树上摘下，虽然品相不好，多有斑斑点点，但是因为没有打过农药，吃起来也格外甜美。

西红柿最好在刚刚下市的时候，买一兜家门口附近菜农种的，大小不一，青红各异，可以当水果吃。掰开一半，有红沙瓤呈现，汁水都要流出来；还未入喉，几分酸甜已经填满整个口腔。每每想起我小时候清晨去自家菜园浇水摘菜，必是先摘了带着露水、透了半边红的西红柿，随便在水里洗洗，吃起来甘甜无比。

三

粥，小米熬，放一把绿豆，最是养人，一年四季都适宜。

夏天宜用绿豆与大米熬粥，熬一锅绿豆汤，晨跑回来喝一碗，不仅解渴还解暑。

中秋之后，新鲜的玉米下来，熬一锅玉米粥。慢慢熬，不宜用大火，时间不宜久，也不宜短，不宜热喝，也不宜凉喝，凉了容易起皮。温热喝最宜，一股玉米的香甜，粗粝的玉米粥滑过后，口齿生香。

冬天则是红豆、糙米，放几颗红枣，切几块红薯、山药，天天都是八宝粥。

常有时令蔬菜，新鲜足矣，不求是否有机。莴笋、黄瓜、芹菜、莲藕，最宜凉拌。老家种的萝卜、白菜，最是开胃。

鸡蛋，是亲戚或故旧时常送来的土鸡蛋。偶有兴致，煎一个蛋，来一点台湾酱油，最是美味。

笼里蒸的是山药、南瓜、紫薯。包子最好是母亲蒸的素包子，有时是春天的槐花或豆角晒干做馅的，有时是韭菜馅，有时是萝卜馅，搭配的粉条是某个熟识朋友家里做的。

温县的铁棍山药，最能养人。有朋友种了几百亩，年年给我拉来百十箱，自己吃吃，父母吃吃，送送朋友，一天蒸煮半根，提醒着身处人间温情，不止于健康。

俗话说："早上一片姜，赛过人参汤。"姜汤放少许红糖，每天早上空腹喝一碗，活血暖胃，开启美好的一天。

理想的早餐，最好能够吃上三十分钟。先是空腹一碗姜汤或红豆汤，吃点水果；然后是蒸的红薯、山药或包子。馒头就着小菜，偶尔佐一点豆腐乳，喝粥时配点榨菜或一点橄榄菜。馒头每一口都细细咀嚼，嚼出老酵母的糖味才慢慢下咽。

整个早餐，没有刷朋友圈，不用着急看头条新闻，菜是菜味，果是果香。今天有萝卜、白菜，也香甜，有褚橙、柳桃，也享用。

粗茶淡饭，很是宜人。

此间孩子已去上学，阳光洒在客厅。一片静怡，一个人，慢慢用；两个人，闲聊几句，在品味食物美好的同时，感受世间的美好。

讲究人

与几个朋友一起赴西藏旅行，长途旅行常能勘破一些人生故事。

老张早年有个司机，是他同学，原来开出租车，被他招来开车。一天，车上不知道哪个螺丝或是皮垫松了，吱吱嘎嘎地响，声音不大。他让司机去修理厂看看怎么回事。

司机说："没事，没事，不影响开。"

老张大怒，等有事的时候，连命都没了。

城里的出租车司机，或不是车主，大多不爱惜车。车里弥漫着一股怪味儿，烟缸塞满烟蒂，车内积满尘垢，让人无法下脚。车开起来四下跑风，似乎随时都会散架。如若不是为了赶路，人决计不会在车上久坐。司机满口跑火车，不时拿着车载电台和同行交流跑了几毛，喜怒决定于运气的好坏。

每次打车，都有一种说不出的厌恶，如果自动驾驶汽车被大规模制造出来，出租车司机恐怕会第一个失业。

老张是个讲究人，容不得生活的瑕疵，对工作亦是如此。

在司机看来是一件小事，在他眼里却是大事。

这次在西藏的长途旅行，生活不便，可老张仍带了五六顶旅行帽、十几套衣服，结束时还有一半衣服没有穿。

老张说这些习惯来自他父亲。老爷子一辈子是个讲究人，出门如见大宾，即使八九十岁、行动不便，仍每天收拾得利利索索、干干净净。他看上去精神矍铄，似乎还有一望无际的人生在前面等着。

对自己有要求的人，无论何时，都会认定——我是一个有价值的体面人。一般来说，自爱自重者能得高寿，颐养天年。

另外一个朋友，早年在农村备受艰辛，经过多年打拼，也跻身富豪之列。他没带那么多衣服，但每到一处，无论旅途多么疲倦劳顿，稍事休息后，第一件事便是洗衣服。他带了两双鞋，一坐下休息，就找个湿巾将鞋边擦拭干净。

《菜根谭》说：“贫家净扫地，贫女净梳头，景色虽不艳丽，气度自是风雅。士君子当穷愁寥落，奈何辄自废弛哉。”

讲究，和一个人的出身有关系，却也取决于人对待自身的态度。

一个人是否尊重自己、敬畏所处的空间、恭敬所做的事，决定了他最终能走多远。对自我尊敬的人，没有人敢轻慢他。

还有一个朋友，途中小憩，坐下喝茶。无论是宾馆的茶具还是自己的茶具，每次冲泡，必是手持茶巾，随手收拾，茶台茶具，滴水不沾。临行前将案台收拾如初，一尘不染。

我们所驾的一辆“霸道”车，乃某兄座驾。行至纳木错湖，海拔四千五百米，水箱开锅不能再行。众友皆诧，此车彪悍，横行各地，不至于此。后至修理厂，打开水箱，乃见尘垢覆盖，密不透气，久未清洗。一如某兄，满脸油腻，不修边幅。车如其人，抛锚亦在情理之中。

物如其人，你如何待它，它便如何待你。

无一事不敬，无一物不敬，无一人不敬，则万物皆备。

历史上有个讲究人，名垂千古。《世说新语》记载：

王子猷尝暂寄人空宅住，便令种竹。或问：“暂住何烦尔？”(王)啸咏良久，直指竹曰：“何可一日无此君！”

讲究的人，不过一天将就的日子。

听一场新年音乐会

不知从何时起，每年年底都会去听一场新年音乐会，作为一年的告别和新年的开始。

虽然很早就知道维也纳新年音乐会是高雅音乐的代名词，但是离我很遥远。年轻时喜欢的是流行乐、摇滚乐和爵士乐，崔健和赵传一度让我狂热不已。所以，当年电视里播放维也纳新年音乐会时，手中的遥控器会毫不迟疑地切换到某个歌星的演唱会。

随着年龄的增长，对流行音乐的喜爱渐渐被新的审美替代，荷尔蒙渐渐消退，当年的流行音乐变成了偶尔怀旧的消遣。我开始慢慢喜欢轻音乐、民乐、弦乐，直到频道切换到维也纳新年音乐会，停住了手中的遥控器。

我第一次听交响乐是2000年在北京大学百年纪念堂。和知名媒体人、时为大学教授的老卢一起，我不知该什么时候鼓掌，心里紧张，只好等别人先鼓掌时再跟着鼓掌。不知道指挥为什么要一而再，再而三地回后台待一会儿，等大家掌声足够热烈再出来谢幕。老卢知识渊博，我问他指挥为什么这么做，他故作高深淡淡地说，这是沿袭下来的礼节。我那时还年轻，听了一场交响乐，感觉自己也一时变得高大起来。

听一场古典音乐会和参加一个歌星的演唱会是截然不同的体验。明星演唱一般会在可容纳几万人的体育场举行，熟悉的旋律或许会勾起你的一段往事恋情，以及对青葱岁月的记忆。演唱会上，众人手拉手一起合唱，动情处让人潸然泪下。然而，曲终人散后留下的，可能只是岁月缩影里的某个小我的爱恨情仇，或是略带一点苦涩和甜蜜的记忆样本，波澜不惊。

一场水平卓绝的古典音乐会带给人的体验则完全超我，甚至忘我。首先，听古典音乐会一般会要求男士正装出席，女士穿晚礼服，入场时已经让人不由自主地感到庄严隆重。各种乐器，长的短的、大的小的、横的竖的，单单识别这些种类繁多的乐器，就已经对人产生了巨大挑战。乐团身穿清一色雪白衬衫，黑色燕尾服，几十号人神色肃穆，缓缓而坐，静候指挥上场。现场充满了仪式感。

指挥在热烈的掌声中上场，和首席小提琴手握手，向观众鞠躬，和乐团前几位握手致意。然后，脚步迅捷地登上指挥台，右手拿起指挥棒，左手示意，双臂伸开，环顾乐团，颔首示意，全场肃静，猛然一抖，音乐响起。

有的指挥会在演出前给观众简单介绍曲目背景，有利于听众融入音乐。一个基础扎实的乐团，在不同指挥家麾下，可以演奏出千变万化的风格。不同指挥家对乐曲的理解不同，配器、音色、表现力和速度等方面都会有差异，相同的曲目在不同的指挥家手里会有不同的效果。交响乐的现场魅力，就在于不同指挥家不同的发挥和演绎。

新年音乐会一般都会给出节目单，但很少有人能够对每首曲子都了解，更不要说理解音乐的创作背景和主旨了。不过，总有几首曲子是你曾经听过的，即便你当时根本不知道那段音乐的名字。

当音乐响起，某个旋律让你似曾相识，此时展现在你眼前的是台上充满激情的指挥，忽左忽右，忽前忽后，全身律动，长发飞舞，指挥着场上的几十个乐手。而几十个乐手如一人，难分彼此，浑然一体。

此时，你眼前似乎幻化出《猫和老鼠》里那只猫紧追老鼠的紧张滑稽；又或是《灰姑娘》里舞会结束后，深夜里飞奔的那驾南瓜马车；又忽然听到万马奔腾在无边无际的辽阔草原；又似乎在寂静的森林，小溪潺潺，渐渐汇聚成一条小河，进而汇入长江大河，江面开阔，水流深沉，两岸风景次第展开；俄而又波涛翻滚，汹涌澎湃，浩浩荡荡，横无际涯，朝晖夕阴，气象万千。

有时忽然万马齐喑，整个大厅哑然无声，在短暂的令人窒息的寂静中，哪怕一只蚊子的嗡嗡声全场都能听到。此时，一声长笛轻轻吹起，所有人侧耳专注地倾听它的轻快婉转，如一只云雀在枝头鸣叫。继而其他乐器渐次响起，渐渐汇聚成流，此时用心倾听仍能听到长笛如大河中的一叶扁舟，摇曳在滚滚洪流之中。有时候是一把小提琴领奏，千回百转，如丝如缕，如泣如诉。

音乐是最抽象的艺术形式，每个听者都会依据自己的生活和审美经验，自行“脑补”音乐的画面和形象。于是，音乐与文字的互通神会，常在音乐会的现场不期而遇。“大弦嘈嘈如急雨，小弦切切如私语。嘈嘈切切错杂弹，大珠小珠落玉盘。间关莺语花底滑，幽咽泉流冰下难。冰泉冷涩弦凝绝，凝绝不通声暂歇。”白居易《琵琶行》对音乐的描摹，已成千古名句。

国内的新年音乐会，总以《春节序曲》开场，在演出的中段安排几首大家耳熟能详、欢快喜庆的曲子，如《茉莉花》《一条大河》，小提琴协奏曲《梁祝》《黄河》等，柴可夫斯基的《天鹅湖》《胡桃夹子》也是常演曲目，还有人所熟知的小约翰·施特劳斯的圆舞曲。熟悉的曲子更容易让大家融入现场。

等到所有的演奏曲目结束，音乐会的高潮才刚刚开始。这时候指挥返回后场，全场响起经久不息的掌声。在长时间的掌声中，指挥返场致谢，乐团的所有成员重新坐下，这是加演的信号。有着奥地利“第二国歌”之称的《蓝色多瑙河》是每年新年音乐会固定的加演曲目。而老约翰·施特劳斯的

《拉德茨基进行曲》则会把全场带入高潮，这首曲子大多数人都能跟上明快的节奏，指挥此时也会指挥观众一起有节奏地打拍。台下的观众也成了乐团的一部分，在指挥与观众的互动中，每个人都成为音乐的协奏。随着指挥的手势用力一挥，戛然而止，音乐会到此结束。

当一个人全身心专注地投入音乐中，一个半小时的演出，时间会飞快过去。因为展开了丰富的想象力，听众完全陶醉其中，心如止水，不思外物，想来老僧入定也不过如此吧。

岩中花树
你未看花时此花与汝心同归
寂你来看此花时则此花颜色
一时明白起来便知此花不在你
的心外 庚子

我的兰花经

我养的一盆兰花开了，满屋弥漫着一股沁人心脾的幽幽香味。

我不曾养过花，家里的几盆绿色植物也很少用心照料，好在都是些好活的主儿，像滴水观音、夏威夷竹、绿萝这种没心没肺的。娇贵的花草养不了几天，不是枯萎就是凋谢，没有耐心伺候。

读了几本书，我也想附庸风雅，君子如兰，不如就养几盆兰花吧。

于是，我买了几盆兰花，卖花人一再交代，兰花不好养，不能浇水太勤，不能忽冷忽热，天热了不能长时间晒太阳，也不能长时间不见天日，要保持通风透气，每次浇水要浇透等，还很负责地给了一页手抄《兰花经》。我一脸无奈，养盆花比带个娃还难，至于吗？

几盆兰花搬回书房，随手放在了阳台窗边。我也听进了几句卖花人的叮嘱，有一搭没一搭地浇了几次水。我浇水很粗放，拿一个洗菜盆，接满一盆水哗啦哗啦地往下冲。兰花不是泥土培的根，而是各种木屑砂石，水立刻从盆底流了出来，至于是不是浇透了也没深究。我是想起来就浇一浇，想不起来就算了。

没过多久，一盆兰花就枯萎了。

按照卖花人的交代，看到花有病症，给卖花人搬回去养养还能活过来。只是自己疏懒，那盆花也就彻彻底底死了，死得悄无声息，孤苦伶仃的枯叶似乎在宣示着什么。

室内不宜有枯败花草，衰败的植物会令环境呈颓废之相。一时醒觉到，如果还这么养花，后面的几盆兰花估计用不了多久也会弃我而去。

于是，我想起了《兰花经》。仔细参详，学而实习之，浇花时，把洗菜盆换成了浇水壶，每次浇花都慢慢地从根部滴灌，一盆花浇下来要用时很久。读书写字累了，我拿把水壶浇花，时间久了发现自己很享受这心无旁骛的一刻。

一日浇花，忽见兰草发了新芽，欣喜之情如见新生小儿，手舞足蹈也不尽兴。此情不负多日浇灌，来回挪移，悉心呵护之意。

入夏以后，有兰草常出黄叶，晒太阳、通风、荫凉、浇水均无改善。询问才知，养兰花无论新手还是老匠，都会遭遇兰花的腐草。病因分析已到细菌感染之类的生物学高度，有时只能弃草而去。此亦是养花苦乐所在。

所爱之物有不得不弃之，事有尽力而不得解者，病有药而无可医者，乃人事之常情，自然之常理，不可执于一端。

养花不同于养宠物。宠物如猫如狗，待之若好，则旖旎乖巧、讨人欢喜，倘若猫、狗犯了错或是主人心情不佳，则有呵斥打骂，猫、狗或以哀号求告，摇尾乞怜。待主人气消，又爱之抚之，亲之狎之。

养花则不然，不可与之言语，无法爱抚狎昵，花亦不会摇尾乞怜。今日浇花施肥，不会明日就投桃报李，只是慢慢生长，且不见一点颜色。

安之若素，静待花开。

静待花开，始知养花乃是养心。

今日花开，其香盈室，细嗅花香，醍醐灌顶。人与草木皆有深情，花以绽放报君养护之情、相知之意。一朝花开，如佳友相晤，君待我以情，我报君以香。

君子如兰，空谷幽香。一草一木，天地共情，用心待之，物必应之，何况于人。

钥匙的空性

2002 年时，街上的车还很少，因为车很贵，配件更贵。

当时我买了一辆大众 POLO 车，临近年关，却把车钥匙弄丢了。我是个“丢蛋鸡”，已经丢了一把，剩下唯一一把这次又丢了。家里掘地三尺，翻箱倒柜找了好多天也没有找到。我死了心，只好去配一把。

我问 4S 店店员配一把车钥匙多少钱。

4S 店店员的口气不容商量:“一千四百五十元。”

2002 年，本地一般职工的工资也就五百元左右，一千四百五十元抵得上三个月的工资，这简直就是明抢。4S 店店员还神秘兮兮地说:“每辆车都有密码，只能在大众公司总部配，最快也要一两周。”

谁让你上了人家的船呢!

在去 4S 店配钥匙的路上，眼前晃过一个开锁广告，配钥匙的电话号码让人一眼难忘——7777777，我抱着死马当作活马医的心态打通了电话。

“能配 POLO 的车钥匙吗？”

“能。”

我心中窃喜：“多少钱？”

“七百元一把。”

我心下狂喜：“多长时间能配好？”

“两个小时。”

我连讨价还价都没有，立即交钱。

不到两个小时，开锁的人拿着配好的钥匙，驾轻就熟，点火开车，如入无人之境，让我怀疑所谓密码都是骗人的。

一个下午，我都沉浸在省了七百五十元的喜悦中，等着晚上向老婆邀功。

晚饭时，还没等我嘚瑟，老婆满脸喜悦地对我说：“老刘，告诉你个好消息，今天洗衣服的时候，车钥匙找到了。”

一把车钥匙，一天的悲欣交集。

钥匙还是钥匙，不好也不坏，不生也不灭，不垢也不净，不增也不减，却让我坐了一天的过山车。

坐过山车的是一颗在乎得失的心。

愿力

2014年有一个机缘，朋友们募集了一笔善款，决定捐给一所传统文化学校，用于兴建新校。校长是多年的朋友，人很靠谱。但一年多过去，新学校的校址迟迟没确定下来。朋友们很关切，不时询问项目的进展，我也努力帮着找了几个地方。因为传统文化学校民办公益的特殊性，很多条件限制了学校的选址，除了要符合国家办学的硬条件之外，还需要考虑学校的建设成本，如土地、租金等，故寻找起来颇费周折。

校长也很长一段时间内没有音信。和她沟通后得知，她对选择新校址也有些消极，一来屡屡受挫，二来学校内部管理也出现教职工流失、学生学籍长期得不到解决等问题。这些让她有了“随缘”的心态。

经过努力，教育局有个暂时废弃的半拉子工程，可以给学校用。但这种事一般都有遗留问题，教育局推三阻四，学校也有其他事让校长分心。我劝她放下其他事，把新学校的选址作为首要工作，每天去教育局“上班”，紧盯局长和经办

空屋有神
慎独其身

人，拿出上访的精神和誓不罢休的态度，感天动地后必然会有一个结果。

我也和校长说，如果一段时间内还不能有进展，善款只能另外选择其他项目。听我如此一说，她也积极奔忙起来，并不时打来电话反馈学校建设的进展。

世间事每每都是如此。如果你动摇了，那么准备帮你的人就会犹豫，帮过你的人就会怀疑；如果你“随缘”了，很多事就随波逐流了。2011 年，我经历的另一件事也与此契合。

是年，一个朋友和我说起他的师父百祥法师，在湖南临澧县筹建铜山寺。我决定去拜访一下，于是一行四人驱车一千公里到了临澧这个以农业为主的偏僻小县城。铜山寺位于县城不远的一座山上，历史悠久，始建于大唐贞观年间，后经历代佛道双修，至乾隆年间，香火长盛，宝刹庄严。但由于历史原因，道场凋敝，如今只剩旧迹残存。县里为恢复寺院昔日的辉煌，特迎请百祥法师担任住持。百祥法师曾在五台山五爷庙、深圳弘源寺做过住持，这次重建铜山寺，就像再次开山一样。

虽然有了些许了解，但到达铜山寺时，仍被一片荒凉的景象触动：说它是一座寺院，其实就是一排低矮的土房，稍大的一间房子有几座神像，整个山上杂草丛生，荒芜一片。

当时百祥师父就住在一间土坯房子里面，逼仄的土房里放着三张床，住着师徒三人。一床破棉被，一顶破蚊帐，蚊帐上挂着洗晾的衣物，当中放了一张小方桌，下面放着一个土炉，那是唯一的取暖设备。时值隆冬，土坯房内四下透风，几个人坐下后连转身的空间都没有。那天我们围着炉子聊了很多，关于筹建寺院、佛法、修为等。

县里虽然想复兴寺院，但能给的也就是把山上的一片山地无偿划拨给寺院用于建设，其他的都需要筹集善款来修建。没路、没水、没电，一切都要协调。一个出家人要和各个部门打交道并非易事。师父说取经路上不避小鬼小魄，越到此时越要善巧方便，以入世法做出世事。

随后，百祥法师领着我们兴致勃勃地在山上四处转，筹建的大殿正在施工。由于时值隆冬，工地上只有稀稀拉拉的几个人干活儿，一台柴油发电机是整个山上的动力源。法师指着一片片荒地，说这个地方是钟楼，那边是鼓楼，这里是厢房，那里是斋堂。法师又让我们看他种的菜，似乎这片荒山野岭之上已经有了一个寺院。

次日，法师邀请我们一起做早课。凌晨四点多，我们驱车上山。在那个破落的神殿里，虽然只有师徒三人和几个信众，但焚香、念唱、诵经、施礼、叩拜一丝不苟，诵经声声震屋宇，木鱼钟磬声不绝于耳，让人仿佛置身于一座僧侣众多、金碧辉煌的大殿之内。

看了寺院的规划图，如果完全修建起来要花费几千万元乃至上亿元的资金。对此我心存疑虑。如此巨大的花费，是法师事先募集到全额善款，然后从容不迫地修建，还是按照图纸一边修建一边筹款呢？如是后者，建到中途没有善款来源又该怎么办？临行前，我忍不住把这些问题抛给了百祥法师。法师答曰："哪有先筹了那么多钱再盖寺院的，寺院都是一点一点建起来的，而个中的坚持，靠的就是一个愿力。"

四年后，我有幸再遇百祥师父，问及寺院的建设，他说大殿和厢房已经修好，其他的还在慢慢盖。我也在网上看到铜山寺已初具规模，大殿落成的庆典仪式上，信徒众多，香火鼎盛。

我想起巴塞罗那那座著名的圣家堂，由大师高迪负责设计。教堂从 1882 年奠基就坚持只用捐款和门票修建，至今一直是在建状态，建设者期望能在高迪逝世一百周年（2026 年）时最终完成。但是否能如期完工已不再重要，百余年来圣家堂的迷人之处就在于它"在建"背后薪火相传的信仰，绵绵不绝。

愿力，看不见，摸不着，但一定能让人和神都感知到它的存在。有愿力的人，一定有力量。

致那些渐行渐远的朋友

我们总有那些年情投意合、肝胆相照、相约永远的朋友，因为时间的消磨，彼此的误会，终点的不同，而渐行渐远。有时候可能因为一句话、一件事，就将友谊撕裂。朋友一次轻微的伤害，远比敌人的一次重创更让人难以接受。

在我们的生命里，有些人只在某一点上交会，火花四射，又迅速陨落。《道德箴言录》说，要欣赏和宽恕。可我们不宽恕，越是情投意合、如胶似漆的朋友，撕裂起来越是连筋带骨、血肉模糊。特别是当有了几两小酒、对坐一两个知情人时，受害的冤情如滔天洪水。

其他朋友之间也常常会有发生误会、绝交的，而自己夹在中间，偏左不是偏右不是。想对所有的人好，就必然有一个人对不住，那就是自己。一辈子光阴苦短，何苦和自己过不去。遇到谄颜媚骨、唯利是图、忘恩负义、自以为是、小肚鸡肠、睚眦必报的人，不妨离他们远一点，各自相安。嵇康在《与山巨源绝交书》中说："故君子百行，殊途同致，循性而动，各附所安。”

朋友不是越多越好。真正的知己也就两三人而已。在寻找知己的路上，每个人都是一个孤儿，有一颗孤独的灵魂，孑然一身。所有的相逢都是偶遇，偶遇那个懂你的人，也是上天给你的福气。

所谓朋友，应是契合了自我的某一部分，或利，或趣，或品，或德。一个人至少要有趣，有味，有品，有料，有种，有德，有用，如果什么都没有，一定会成为那个留原地望着朋友渐行渐远的人。有个老同学幽幽地给我留言，如今我们都成了路人。那不然我们聊什么呢？中学时的班花、初恋、打架、饭票、高考、落榜、一个炕上睡觉，都是聊了无数遍的故事。故事虽如老酒，但生活还有别处，除了过去，还有未来；除了故旧，还有新知，还有未见过的风景、未走过的旅程、未曾体验的人生。

如果你还在原地，就不要谴责他人的变化。没有人能伴随我们一生，所有人都只能陪伴我们一程。

来到我们生命中的每个人都是一份礼物。和有情人做快乐事，在还能喝酒时喝酒，还能歌唱时歌唱。当这些都已不再，那就挥一挥衣袖，不带走一片云彩。

好茶

什么茶最好喝？

做茶将近二十年，常有朋友问我这个问题。那就容我慢慢道来。

一个朋友请大家吃一顿正宗的法国大餐，是在深圳一家五星级酒店里的法国餐厅。厨师从法国请来，据说食材也都是空运而来的。开胃菜、餐前酒、红酒、白酒、法国鹅肝；海鲜、烧烤、间菜、汤；沙拉、甜品、咖啡、茶；蒸、煎、烤、炸，一样不少，连应该遵守的大餐礼仪也绅士淑女地一样不落。每道菜都很正宗，餐厅的环境也无可挑剔，但最后，我总觉得正宗里少了点什么。

喝茶多年，也算半个茶人。从二十年间流行的各种茶，到现在的各种神话茶，从五元钱一包的猴王茉莉花茶，到现在动辄几万元一饼的陈年普洱，我多多少少都喝过。

又回到那个问题，什么茶最好喝？

清明前后，我去信阳茶山采茶，走遍五山两潭，这山看看，那山转转，这家坐坐，那家坐坐。山上的种茶人家不问你从哪来的，进了里屋就把昨天采的茶拎出来，不管孬好，随手抓一把，玻璃杯里一冲，说："尝尝。"遇到饭点定要留下吃饭，闷锅肉、南湾鱼、鸡蛋炒香椿。玻璃杯一天要应付好多人，杯子没洗，茶渍很厚，缺口残边，水也冷热不一，茶也浓浓淡淡。但喝一口，整个春天都来了。

我曾经听武夷山大红袍非物质文化遗产传承人王顺明老先生讲茶。老爷子没架子，人随和，嗓音沙哑却声如洪钟。见面说没带什么礼物，女儿出嫁备的一些礼品茶还有两盒，尝尝吧。饭后，王老坐定泡茶，温水，汤杯，摇茶，冲泡，手起水落，干净利索，杯盖还没掀开，已经满室飘香。一口茶下肚，岩茶的香、清、甘、活，真香、兰香、清香、纯香，与老人家的醇厚一样，表里如一。

与老友卢君相识十七八年，每年我都会给他邮寄一些新茶，有时候随手写几笔问候，遥想他展笺品茶的惬意，品出来的不仅是茶的余香吧。以至于每年新茶之际，他都"虚情假意"地问候我，不知道是想我了还是想茶了。有一次，他居然发来一个空茶叶袋子的图片，说那袋方守龙的五彩牡丹他如何珍惜，只有每周给学生上课的时候才舍得泡一杯。他的嘴真是越来越刁了。五彩牡丹是方守龙的私房茶，我这里的存货也紧着嘞。

常遇到有人拿一款某某年的老茶，号称多少万元，多么难得，来路如何曲折，一般人喝不到，三生有幸才得以品尝。我满怀虔诚，端起杯，仔细闻，慢慢品，装作很内行的样子。有时候，我喝到的是一股马尿味，有时候是渥味、烟味、酸馊味，就是没有喝到韵味，就像喝到假茅台酒。为了不驳面子，我也轻摇额头，拖长了鼻音：“嗯，好茶。”

某年十二月，我去西宁出差，天寒地冻，空气干燥，鼻孔里可以结出血痂，夜晚燥得睡不着。到了西宁不吃当地的小吃似乎是枉去了，好吃又莫过马忠食府的羊肉、酿皮、尕面片、杂碎汤、烤土豆、羊肉串。西北菜，香、辣、咸、腻，几顿下来虽然好吃，但也难以消受。柜台上，摆着一排盖碗盛着的三炮台，十元一碗，菜还没上来，先喝一碗。三炮台一般有八样：红枣、菊花、冰糖、枸杞、桂圆、绿茶、葡萄干、荔枝干。一泡冲下去，冰糖的甜味，绿茶的青涩，菊花的甘苦，荔枝的果香混在一起，一口下去竟不能自抑，连喝三碗，甘爽、去腻、消渴，如雨过焦田，连日的干燥油腻也一并消解。

好喝不过三炮台。

什么茶最好喝？应景、应时、应人，猴王茉莉花、三炮台，也能喝出五湖四海的风月。

我为什么要写作

我为什么要写作?

一、我有点神经质。这话被一些人翻译成——神经病。

二、我眼里不揉沙子。年轻时候的臭脾气到现在还没改，看来是改不了了，还有点变本加厉：遇到看不惯的事总想吐槽。

三、因为眼睛小，不由自主地比别人观察得更细致。从粗枝大叶的生活中，我总能窥见被忽略的蛛丝马迹，体验到甜蜜或痛苦，观察到美好或丑陋。我为之痛恨，不能活得皮糙肉厚，没心没肺。

四、我吃饱了——撑的。吃饱了总要把多余的能量消遣掉，打牌、吹牛皮——我想学，却都没学会。而写作这事耗精费神，排量很大。自从爱上这一口，头发白了不少，还因祸得福，至今没有发胖。

五、我想表达自己。此话一说就觉得有点扯。这话貌似学富五车、满肚干货，其实我就是想说下面这段话。

六、我有话要说。虽然没能一句顶一万句。古圣先贤已经用不同形式、不同文体、不同素材，翻来覆去地写了很多，不差我多一嘴。但是时代不同、背景不同、经历不同，虽然别人说了千万遍，但是于我而言，就像和姑娘第一次接吻，别人说得再好，都不如自己来一口。

七、我喜欢独处。随着年龄增长，我越来越喜欢一个人待着。那么多一个人的时光，总得有事来消遣，除了读书，写作更容易消磨时间。当我沉浸其中时，一抬头，一个下午，一个晚上，已一划而过。

八、我喜欢读书。读书之后，总有些有趣的故事、哲理，还有读起来让人欲罢不能的文字，像馋虫诱惑吃货一样，勾起我也想写写的欲望。

九、我是个“自虐狂”。我已经写了一本书，虽然严格意义上不能称得上一本书，不过是些文字的堆砌、自娱自乐的副产品。但我是个“自虐狂”，在各个有兴趣的领域都想持续精进，争取从业余到专业。

十、我喜欢有趣的人。虽然我比较呆板，但是我身边总不乏有趣的人，做一些好玩的事。我想把他们记录下来，留下痕迹。如果某天有人看到我书中的一个故事，就像看到《世说新语》里某个有趣的段子，那才叫人快活。

十一、我爱臭美。爱美可不是女人的专利。女人爱美是常常对着镜子，而我是对着身边的世界。看到美好的事物，我总想记录下来。一枝迎春花开，我写了《迎春花开》；下雪了，我写了《雪迹》。自然之美，引发遐想之美，我偷偷地美着。

十二、我是个"病人"。前面说了，我是个神经病、"自虐狂"、小心眼、废话痨、爱臭美，有时偏执，有时开放，有时狂妄，有时自卑，有时歇斯底里，有时理智清醒。这么多病，老中医都治不了，只能自我疗愈。而写作是一剂良药，读者则是一味必不可少的配药，虽然很少治愈，但是常常缓解，时时安慰。

还可以写下一百个理由，但你就当我是个"病人"吧。

做个厨子，不亦快哉

说起世上的好职业，想来莫过于厨子。做个厨子有说不尽的好处。

厨子大多是美食家。管你什么山珍海味、鲍鱼海参、燕窝鱼翅，天上飞的地上跑的，不经厨子品尝，再好的食物也难到食客的餐桌上。所有上好的东西，厨子都得吃上一口。

厨子很容易成功，因为犯错成本很低。再笨的厨子出错不过是油放少了，盐放多了，菜炒老了，粥煮糊了；该酸的不酸，该甜的不甜，辣得不够味，咸得不能吃。犯错误后，无非再做一道，没有人要求厨子终生负责。

厨子很容易获得成就感。厨子在后厨忙得烟熏火燎、满头大汗、左右腾挪，恨不得有四只手，两个灶火三个锅，煎炒烹炸，蒸煮炖烧。食客则气定神闲，喝茶扯淡，推杯换盏。忽见一道美味上桌，举箸如猛禽，迅猛如猎豹，一盘菜顷刻间盘底空空。食客大呼过瘾："再来一盘！"厨子听后比获赏了一万元还得意，连连回应"稍等，稍等"，嘴上歉意，心下得意。只见他毛巾往脸上胡乱一擦，左手持锅，右手拿勺，炒锅里猛翻几下，顷刻间火花四射，映出厨子无比快慰的神色。

一个厨子就像一个将军。大厨一般不干打杂的活儿，洗菜、剥鱼、切菜、配料，都有专人处理。每逢此时，厨子指挥杂工干这干那，菜怎么挑，肉怎么切，鱼怎么炸，宛如指挥千军万马。虽然是做一桌菜，但像筹备一场硬仗，非五星上将不能比之。

厨子很容易获得尊重。每逢聚餐，厨子总是最后一个上桌吃饭，但必定有一把椅子给他留着，有一杯满酒给他备着。厨子千呼万唤始出来，端上最后一道菜，桌上已酒过三巡。众人连忙把酒端给厨子："辛苦辛苦，先喝一杯赶赶。"厨子一饮而尽，拿起筷子，夹几口菜，以专业的风范，不容置疑的口气，指点一桌酸甜苦辣咸，犹如一个戏剧家点评场上的生旦净末丑。一桌吃了嘴短的人连忙随声附和："对对对，来来来，喝喝喝。"厨子好不快意！

厨子一般都有好人缘。身边若有身负厨艺的朋友，那真是一种幸福。美食，少有人能抵御。无论野炊烧烤，还是家宴小聚，有个厨子在场，顿时有了定海神针。食客们落得清闲，高帽一顶接着一顶。厨子二话不说，撸起袖子就干起来。谁也不愿得罪了厨子，否则那纯粹是跟自己的胃过不去。

厨子是个安全性很高的职业。餐饮永远是朝阳行业，没有夕阳的一天。兵荒马乱，饥荒灾年，厨子都不会饿死。

厨子是个很容易感到幸福的职业。你看，厨子们一个个天庭饱满，地阁方圆，心宽体胖。做个厨子，不亦快哉！

如乐语

父母是用来“折腾”的

小时候，我们折腾父母是无意识的。饿了，困了，想要个玩具，想吃冰棍，又哭又闹，倒地撒泼，抱腿不走，撕心裂肺，痛不欲生。父母被折腾得筋疲力尽、气急败坏，忍不住发飙、警告、严厉警告、打屁股，直到那个抽噎的家伙憋住哭声，止住哭闹。

慢慢地，我们也为人父母，被自己的孩子折腾时只得叹息摇头。当年我们折腾父母的招数，变本加厉地被自己的孩子还回来，想来都是“报应”。

我们步入中年，父母也年近古稀。有时候，我们很长时间都难得和父母一起吃顿饭，唠唠家常。此时父母身体虽还硬朗，但无所事事，每天像上班一样去卖保健器材的传销店里，用省吃俭用一辈子攒下的钱买一堆无用的保健用品：净水器、吸氧机、磁疗床垫等。他们不仅自己买，还强行给你买，明知被骗，做子女的还不能说半个不字，那是自找没趣，虽不会再被打屁股，但挨一顿骂是跑不掉的。保健品店里的姑娘、小伙嘴甜，一句一个爸，一句一个妈，他们哪里是在卖保健用品，分明是在兜售子女欠奉的温情。

此时的父母，没人再给他们添麻烦，他们无聊透顶，倍感寂寞。特别是没有自己生活圈子的老人，他们从农村来到城市，没有朋友，没有亲戚，左邻右舍也是熟悉而陌生的面孔，年纪大一些的，连广场舞也把他们划在圈外。

前些年，父母要回老家种菜，虽然来回二十公里很不方便，但是他们坚持开着一辆老年电动车回去。有一次，两个人甚至出了一点小小的车祸，幸无大碍。我严厉阻止，就像他们当年严厉阻止我一样。他们很是失落，委屈得像个孩子。

我忽然明白，我剥夺的是他们存在的价值。多年来，我觉得父母年纪大了，让他们什么事都不要干，好好养老。但这种方式时间长了，他们会觉得自己是多余的人，没有存在的价值。

童年时折腾父母的本领还驾轻就熟。于是，衬衣的扣子

你永远是个孩
庚子冬
金石作

掉了、袜子破了，我会打个电话：“妈，来给我缝缝扣子，补补袜子。”母亲从马路那边的小区过来，拿出针线就像当年一样，但一边忍不住嘟囔“你媳妇都不会补补，缝个扣子还叫你妈”，一边洋溢着满脸的幸福。

有时候去父母家吃饭，他们已经做好了米饭，我却说“我想吃面条”，说完坐在沙发上，跷起二郎腿看电视。看着母亲重新围上围裙，到厨房里洗菜、烧水，嘴里还骂着。等到做好了，让她端过来，看我一副享受的样子。吃完饭，我把碗一推，让她自己收拾。

有时候，会有朋友送来一些土特产，大米、小米、蔬菜、红薯，我就放在店铺里。去父母家吃饭时，我不经意地说：“妈，有朋友送来一些米，要不你骑车去拿吧，你不去拿我就送人了。”中午吃过饭，下午母亲就骑车去了。

父母吵架了，拉儿子来评理。儿子当“法官”都是挨骂的命，于是我一本正经地看着他们：“要不你们离婚吧！”他们就一起来骂我。

你给我做个枕头吧，给我蒸些包子吧，给我包顿饺子吧，给我送点你种的菠菜吧，给我剥点花生吧，给我带一下午孩子吧，给我把一楼的院子收拾收拾吧……

父母是用来“折腾”的，像个孩子一样“折腾”他们，而孩子是父母一辈子的耐用“消费品”。

若有其事与若无其事

2020年，受新冠肺炎疫情影响，很多人只能居家。在长达一个月的时间里，饱食终日，无所用心，画地为牢，度日如年。

人一旦无所事事，就会被茫无涯际、无所依恃的恐慌和焦虑包围。此时正是无事之时当有事，在空寂无着处若有其事。

在无事之时，若有其事。居家无所事事的时候，仍然像每天上班一样，早起、洗漱、锻炼、刮胡子、化淡妆，做早餐，吃早饭，整理衣冠，收拾房间；读书，写字，做功课。做所有家常之事，如有神在，临之以庄。

王阳明所说的“事上磨炼”，亦是如此。大敌当前，形势严峻，王阳明和几个朋友在书房喝茶聊天，探讨学问。忽然有人来请示作战任务，王阳明起身处理敌情，朋友们都很紧张。不一会儿，王阳明回来，仍接上话题，谈笑自若，就像什么事都没有发生。在处理敌情和探究学问两个频道之间随意切换，毫无滞碍，若无其事。如果没有平时的“若有其事”，心中碎碎念“必有事焉”，镇定以待，哪会有大敌当前的举重若轻，若无其事。

我学打太极拳的时候，师傅有句教诲，打拳时应该“无人似有人，有人似无人”。有人在旁观看时，打拳格外用心，刻意想打好。而自己一个人打拳的时候，就不免懈怠，无论动作还是意识都不能全神贯注，达到意在拳先、意到气到、形神一致。师傅这句拳理，就是让人练拳时前后一致，内外一致，不为外界所干扰，意在拳上，全神贯注。只有长期在“无人似有人”的状态下练习，才能达到“有人似无人”。

无论哪种技艺，如果没有“无人似有人”的刻意练习，都很难达到临在的状态。

有个小官挂名某市书法协会副主席，一日小聚，酒后大家起哄请他即兴写幅字。主席扭扭捏捏、半推半就，就着八丈画案，铺纸研墨。他先是说笔不顺手，又说红星宣纸有假（可怜我存了几年、如假包换的一刀老纸），最后说一得阁没有他收藏的松烟墨好。可想他最后写的字有多碍眼。

善书者不择笔。看过几次书法家王澄老师写字，一群人围观，他随手接过一支笔，或新或旧，饱蘸浓墨，略加思索，一挥而就，一气呵成。书法大家从来没有说过笔不趁手，纸非红星，墨非松烟。

心中常驻神明，神明才能时时显灵。

某年去药山寺拜访明影法师，彼时药山寺建成不久，寺内只有法师和几个小师父。在寺里闲住几日，我每天早上都参加寺里的早晚课。偶有几个信众，规仪如常，晨钟暮鼓，庄严肃穆。有时候，一个信众也没有，只有几个小师父，诵经，法鼓、木鱼、引磬、铜钹、云板之声不绝于耳。

一座寺庙的兴盛，一个法师的修为，不是做给信众看，也不是做给大殿上的佛祖和菩萨看，而是他自己的修行。一个道场的营造，不在某次大的法事，而在每天功课不辍，一以贯之。倘若有了信众才去做功课，就像商场来了顾客才开灯一样。

无事之时，正是修为之时。等到有事之时，我们才能显得若无其事。

意到
气至
庚子冬
金石作

如何吃不胖？

常有人客套地问我，你为什么没有发胖？我心中窃喜。

曾用体重秤称了一下，给出一组貌似科学的数据，结论是——潜在肥胖者！

在美食满目的年代，人到中年还没发胖，我有些窃喜，也更加惕厉，生恐哪天胖得不成样子，连一句客套的赞美也讨不来。

肥胖是盘桓在家族基因里的一道魔咒，并导致祖父辈晚年病痛缠身，我可不想重蹈覆辙。

我父亲是个胖子，一个管不住嘴的胖子，见到什么吃的就往嘴里塞，哪怕刚刚吃过一顿大餐。他旺盛的其实不是食欲，而是恐惧，对饥饿的恐惧。一个经历过“三年自然灾害”，差点饿死的人，对于吃有一种食无厌的饕餮。他五十岁之前体型标准，身材健硕。二十多年前，他作为农民，每天大量劳作，也碰不上吃肉这种奢侈事，是没机会发胖的。五十岁之后，他有个能干的儿子，让他提前从一个农民“退休”成了一个闲人。吃，成了他唯一的爱好。

如今，我和父亲的对话大部分是关于病痛的。他体重超标，高血压、高血脂、关节炎、骨质增生、前列腺肥大、心律不齐。他脑梗两次，幸好治疗及时，没留什么后遗症，却是心脑血管病的高危患者。拿出父亲的体检报告，那长长的一列病症，让我心生恐惧。

给父亲看他的体检报告，他一脸沮丧，夹杂着恐惧。医生建议他注意饮食，多吃清淡之物，少吃肉类，重点是少吃。他刚刚吃了一盘饺子，恰好我母亲煮了一锅羊肉，他二话不说盛了一碗，拿个馒头，又大快朵颐起来。我说："医生不是让你少吃吗？"他说："管它呢，吃了再说。"真有点不可救药。

毛姆曾说："很显然，除非身体够健康，不然谁老了也不可能过得快乐。"叔本华也说："健康的乞丐胜过百病缠身的君王。"

我无论如何也不能像我父亲一样——晚年没有健康的生活质量。这像一个紧箍咒，在我每次见到父亲的时候都会被念一次。

多么痛的领悟！

然而，贪吃是人类的本性，鸟也为食亡。远祖饥一顿饱一顿，所以贪吃不是我的错，要错也是基因的错。

我是面食热爱者。每逢挑选餐馆，我总会否决很多，但如果最后是面条，就立刻投降。多年前，我看到一则报道，说某明星能保持身材，是他控制自己的饮食从不吃面食。于是，我有意地减少了面食，即便我的胃是各种面食喂养大的，但只要有意识去选择，你的胃会适应所有的食物。经过多年有意识的驯化，红薯、山药、南瓜和小米粥已经成了我每天的主食。

所幸我有一个“恶毒”的办法——导向性观想。

二十年前，我也是猪头肉、东坡肘子、红烧肉、脆皮肥肠的拥趸。如今，每次见到当年的最爱，我浮想的是：那些白花花的动物油脂经过你的胃、小肠、大肠，最后变成你的皮下脂肪，再进入血液，吸附在血管壁上，血液慢慢地从鲜红变得发紫发黑，黏稠而油腻，流动得缓慢无力。血管壁慢慢狭窄而粗糙，就像一条塞满垃圾的河流，说不定你快走几步、上个台阶就堵塞了。于是，你变成了公园里一瘸一拐、佝偻身子、拖着一条腿画圈的人。

观想到此，我冲向红烧肉的筷子改道伸向了旁边的那盘青菜。

致正被翻篇的一代

“我开始有一种恐惧，世界在翻页，而如果我不够好奇和好学，我会像一只蚂蚁被压在过去的一页里，似乎看见的还是那样的天和地，那些字，而真的世界和你无关。”这是前主持人张泉灵从央视离职时写下的一段话。她的离职，是传统媒体、传统行业的精英向互联网转型的其中一例。

她的恐惧，我也有深切体会，忽然发现世界如此喧嚣，呼啸而过。被恐惧深度击中，不是恐惧世界被颠覆，而是怕自己被抛弃，成为被翻篇的那一页。

在互联网的催化下，世界迭代如此之快。越有经验，越被经验所桎梏。

当你刚刚开始思考平台模式的时候，平台已经像传统百货一样成为互联网上的老传统，自媒体、社群经济已经大行其道。

当你还在路边苦苦拦截出租车的时候，旁边有人在平台上约了一辆私家车扬长而去，而你还不明就里。

当你还在圈更多的地养更多的羊，靠剪羊毛赚钱的时候，别人已经在剪猪身上的“羊毛”了。

当你还在想深挖渠道、提高管理、提升服务、节约成本的时候，别人已经在谈分享经济、零边际社会、重构价值模型了。

作为被翻篇的一代或者正在被翻篇的一代，我们恐惧被翻篇，也想积极应对。兵来将挡、水来土掩是常规作战的本能反应。可这一次似乎无从下手，被翻篇不是对手可怕，而是你根本不知道对手是谁，他看不见也摸不着。传统就业者看到经营的传统业务正在下滑，哪怕倾尽所有，也只是让船沉得稍慢一些罢了。

那些多年搭建的平台、资源、人脉、资金、品牌、生存能力，甚至权力，在新生事物面前都不堪一击。新生力量摧枯拉朽，秋风扫落叶般顺手一带，就把你打得七零八落，毫无招架之功。就像一个年迈的老企业家在给我谈起一个新项目时，仍在谈政府补贴、政府关系以及各种人脉，好像这些资源还是那么牢不可破，脑子还停留在 20 世纪的语境中。

兔死狐悲，作为将要被翻篇的人，我们只能对那些已经被翻篇的人暗暗悲戚。传统模式下的优势，譬如规模、渠道、资本、人力等，在这个转型时代反而成为最沉重的包袱。互联网时代下需要的是一批具有创新思维的人力，创造新的商业模式，重构价值模型，而不是原来崇尚的所谓资源，这是一个要求快速变化、迅速迭代、紧追快赶的时代。

而多年来积累起来的行业地位、个人威信、领袖风采，使我们很容易沉浸在老板一言九鼎、一股独大、说一不二，坐在宽大的办公室里发号施令，似乎“大”才能营造强大的气场。而一帮新兴公司无固定的办公桌，没有老板（老板是上个时代的产物，已经被翻篇）。下个时代哪还有老板，只有合伙人、项目发起人，三五个人和七八杆枪，并肩作战，小组织、无级别的随时互动，即时解决问题，更像精英特战队而不是庞大笨重的大部队。无数个新生代正旺盛飞快地野蛮成长在你看不见、看不起、看不懂的盲区，如同当年我们创业时那样，拥有精力、贫穷、无根、无知、无畏以及不被认可的顽强斗志。

不想被翻篇，可能需要彻底颠覆多年养成的生活习惯、生活方式，脱胎换骨，从里到外地蜕变。从那张大大的桌子后面走出来，搬张小桌子和大家一起办公；撤掉那张悠闲的茶台，端杯咖啡站着和大家聊天；甚至还可以把早上的生物钟再拨快半小时，和大家一起早早上班。从来，最困难的蜕变不是员工，而是企业领导者自己。最难的是放下架子，放下面子，放下虚荣心，平等地对待；甚至要以欣赏、鼓舞的态度，和年轻一代融为一体，重新燃起好奇心，来迎接这个突变的时代。

在转型时，有时还在犹豫，还在徘徊，无处下手。让人困顿不前的不是勇气和力量，而是根本不知道该向何处去，前方一片迷茫。在犹豫不决中，如同身陷泥潭，不动的时候是缓慢下沉，想抽身出来的时候是急剧陷落，伴随着惊恐的挣扎，只能是“脚踩西瓜皮，滑到哪里是哪里”。马上行动起来非常重要，停止行动才是最大的风险。

每个时代都有它的烙印，都有它的优势和劣势、红利和局限。时代背景锻造生存技能。时代的优势、红利和独特的生存技能成就了今日之我们，而当这些技能进化成一种强大优势，形成一种壁垒，长成一种盔甲时，就再难脱下。因为盔甲已与血肉、思维系统生长在一起，脱衣如脱皮。

上个时代的优势和盔甲，都会成为下个时代的劣势和累赘。冷兵器时代厚厚的铠甲，在热兵器到来时成了笨拙的靶子。上个时代积极营造的个人形象、权威、气场、“天王天后”级的地位都在迅速贬值，这就是为什么俞敏洪要再回炉，去中欧商学院与“80 后”“90 后”创业者一起上创业营。眼光放远，被翻篇是早晚的事。当然，接受被翻篇不是无奈等待，而是积极面对。谁能转得快，谁能跑得快，谁能最快放下自己、放空自己，谁才是王者。而这种快转，与年龄、财富、地位无关，只与你的觉悟力有关。

从现在开始，行动，或许还能赶上一程。

老板是这样想的

今天偶然听一个员工说，有客户想团购三百件户外冲锋衣，回来和公司主管说了情况，主管说：“我们没货，做不了。”又有声音顾虑客户付款是否及时，客户预算太少，做了没多少利润，还不够麻烦，等等。

“我们做不了”——这似乎是我们回绝客户最直接、最有效，但也是最没有价值、最没有意义、最不需要动脑子的回答。

很多创新和生意机会源于突发事件、异常需求和看似不合理的要求。如果一个管理者不关注意外事件，对利用现有资源不能解决的问题置之不理、一口回绝，那么未来的机会和增长也与他无缘。

多看些机会，少看些问题；多想些办法，少找些理由。你是否穷尽了所有可能来解决一个问题？还是遇到问题绕道而行，甚至视若无睹？正是那些难以满足的需求促成了生意的机会。

如果你是老板，首先不要轻易说“不”，送上门的生意都不做那不是脑子灌水吗？老板会倾听客户的需求，再思考如何解决问题，询问客户团购服装的主要用途，是发福利还是当工装；是一次户外活动，只穿一次就结束了，还是需要经久耐用。除了冲锋衣，其他的服装能否代替，其他品牌是否能满足，交货期有什么要求，预算多少，怎么付款。老板会深入了解客户的需求，然后尽可能寻找更合适的解决办法。

你了解客户越充分，就越有办法来解决客户的问题。根据客户的要求结合现有的资源，看看能否满足客户的需要。如果我们这里没货，其他地方有没有货，其他代理商有没有货，厂家有没有，其他相关品牌有没有，购物平台上是不是有货，有没有厂家愿意定做，等等。

现有资源通常只能解决普通问题，新增资源才能解决突发问题——生意的成功在于无中生有。

即便最后做成这单生意没有赚钱，你至少也替客户解决了一个问题，积累了一个新客户，以后这个客户有类似的需求还会找你。你积累的信誉、信任，还有客户对你的信心——这是一笔无形的收益，没有记在当下的财务账单里，而是记在了未来的收益里，只是你的短视，才没有看见罢了。

即便这单生意做不成，客户看到你为此不懈努力，也会对你产生信赖。更重要的是，你在帮助客户解决问题的过程中尝试了很多方法，接触了很多你原来没有接触的资源，认识了新领域的人脉和渠道，想了原来你没有想过的办法，开阔了视野，改变了思维方式，刺激了应对外部变化的神经，这些会使你不至于衰老太快。

不麻烦，不思考，不折腾，你就会行将老去。

总之，你是要替客户找一个解决问题的方案，而你的机会也在解决问题中出现。

记得某品牌童车要打入美国市场，当时某家商场开出的价格比某品牌童车现有的生产成本还低，如果按照某家商场的供货价格肯定亏本。最后，某品牌童车忍痛接受了某家商场的价格，倒逼自己寻求技术创新，再造供应链和流程管理，最终制造出了物美价廉的童车。

现有的存量资源都在老化，原来的供货商、产品、品牌、渠道、顾客都在变化或流失，而你固有的经验、老办法却解决不了新问题。如果你的思维还停留在过去，坐等客户上门，有什么卖什么，那就是在吃老本。而且，你不要忘记，即便是原来的那点老资源，也是当年开发拓展而来的。

如果习惯性地说“不”，一个“不”字，会把众多可能屏蔽掉，也会把人活活困死在原地。你需要像睡觉中的羚羊一样，时刻警醒地倾听外在的响动。响动无时不在，机会稍纵即逝。对机会的敏感、捕捉、挖掘，才能让你生存下来。有时候只需要多思考一点点，多做一点点，就会突然打开一扇不曾推开的大门。

我这人就这样！

经常会听到人说“我这人就这样”！说者自以为是，听者无可奈何。

把“我这人就这样”挂在嘴上的人，通常是这样一群人：他们有了点经验，上了点年纪，没有受过良好的教育，或者受了点教育，但没有持续再改变认知。认知水平停留在N年前，开裆裤还没脱掉就已经一把年纪，处理问题时像个巨婴。

在与世界的对抗中，需要改变自我、调整自我以适应世界的规则。没有人类以前，世界已经存在；有了人类以来，世界也没有改变多少，哪天人类消失了，它仍然存在。有些智者发现了世界的规律，如丛林法则、进化论、能量守恒、因果不空。哲学家总结：世界上唯一不变的就是变化。圣人说：毋意，毋必，毋固，毋我。佛祖说：色不异空，空不异色，色即是空，空即是色，应无所住而生其心。

说“我这人就这样”的人，认准世界只有一条规则——“我的规则”。他们“强大”到要世界来遵守“我的规则”。

可能在他们的童年时期，某次任性耍泼、就地打滚、要挟父母，逼迫世界就范，最后他们达到了目的：一只毛毛熊，一颗棒棒糖，一张游乐场的门票。在以后的生活中，他们尝到了甜头，一再故伎重施，直到“我这人就这样”，让世界妥协他，迁就他，容忍他。

在他们的成长经历中，世界一再妥协，间接喂养了他们的自我，他们对着世界，只看到一面镜子。他们感觉良好，觉得像斗士一样勇敢，不服就干，哪怕玉石俱焚，以牺牲的姿态一把押上所有赌注。

“我这人就这样”，其实还是一种无奈的逃避。

面对强大的对手，面对多变的世界，需要改变自我，需要脱胎换骨，以蜕茧化蝶的勇气，来面对最不舒适、最不愿意改变的时刻。

此时最容易选择退缩，躲到自己的壳里，获得暂时的安全感。就像一只刺猬，用长刺来应对复杂的世界，遇到变化就把自己蜷缩在里面，哪怕对手一口将它整个吞下。

在动物世界，不能快速适应环境的动物，最终都被淘汰了。选择被动防守、以刺为矛的单一防御型动物，在长期的进化中，通常都处在食物链的底端。正如“我这人就这样”的人，在人类阶层中，很难爬上高阶，因为每一层都需要脱胎换骨。

低层次的认知不兼容高维世界。活在夏天的小虫，看不到冰雪的世界。活在“底层”的人，看不到更广阔的世界。

“我这人就这样”，似乎是以不变应万变，你有你的千条计，我有我的老主意。如果上了一点年纪，有过一点成绩，他们就会以“老子就这样”“老娘就这样”自称，以冷兵器应战马克沁机枪，以为念几句咒语就有了金钟罩，刀枪不入。

不愿意委屈自己的人，就是为了让别人来包容自己。世界也许暂时让他们赢了，但往往会让他们付出更大的代价，以一种他们看不到、看不懂、算不清、挽不回的方式给他们痛击。路越走越窄，为什么世界总是伤害我？升职的不是我，发财的不是我，领导针对我，朋友背叛我，亲人疏离我，恋人抛弃我，我本没有一点错，“都是月亮惹的祸”。

如何打破这种恶性循环？

“曲则全，枉则直。”能柔曲因应则能自我成全，懂得枉屈绕行则能迅捷直达。路不通，绕大圈，柔弱胜刚强，委曲求全，始终明确自己想去的地方，不纠缠眼前的对错得失。

放下自我，拥抱改变，向世界妥协，与自己和解。终生学习，终生成长，在没有盖棺定论之前，没有什么是不可以改变的。

什么时候你贴到墙上了，再说“我这人就这样”吧。

不做原生家庭的“死忠粉”

《亲密关系》一书中有一个名词叫“家庭死忠粉”。书中说：“对家庭的死忠是这样形成的：借由对父母、兄弟姊妹或亲戚的言行来塑造自我，进而在家庭中得到或好或坏的一席之地。”

如果结婚很久了，夫妻俩仍是“你们家”“我们家”“你爸，你妈，你兄弟，你妹妹，你哥哥”“我妈说，我爸说，我爷爷说，我奶奶说”“我小时候，我们家——”，以你我为河，楚汉分明地划分彼此的家庭，似乎仍生活在自己的原生家庭。

有这些口头禅的，往往就是原生家庭的“死忠粉”和捍卫者。

每个人的成长都离不开原生家庭。

看一个人究竟是一个什么样的人，要看他成长于何种家庭。家庭就像一个人的工厂，出产的任何产品，有赖于工厂的氛围、习惯、文化、价值观。而人的大部分习惯、信仰，皆从家庭中来。

每个人身上都有深深的原生家庭烙印。

一个女孩多半会嫁给一个像父亲的人，一个男孩多半也会娶一个像母亲的人。至少恋爱时，他们都期望对方像自己的爸爸或妈妈。生活了一段时间后，发现对方并不是爸爸或妈妈的样子。一开始都以改造对方为己任，但最终却碰得头破血流、遍体鳞伤。一方发现另一方根本无法改造，甚至连挤牙膏从尾部挤还是从中间挤这样的小问题都无法达成一致。

父母离异家庭的孩子容易离异，甚至兄弟姐妹中有人离异也会传染。在这样家庭中成长的孩子，解决家庭矛盾和冲突很容易拿离婚当盾牌，而没有思考其他处理家庭矛盾的办法，如协商、妥协、调整、共同进步，重新构建家庭结构，塑造新的家庭模型。

被原生家庭牢笼深深束缚的人，高举一把“我妈说，我爸说”的尺子，奉为圭臬，衡量家庭的一切模式，不合则一刀两断，不究原因。即便更换伴侣，也仍会陷入如此窠臼，重蹈覆辙。

原生家庭“死忠粉”不是无药可治。提升认知、改变三观是破解原生家庭“死忠粉”，创造和谐家庭的出路。

原生家庭不是家庭的唯一版本，每个家庭都会重塑自己家庭的新版本。这个观点说出来虽然非常简单，但生活实践中却几乎无人天然具有这样的了悟。这就涉及整个社会教育中的一个重大缺失：生活、婚姻、家庭的可学习指导。似乎只要能拿到结婚证，双方就自然知道该如何构建家庭和承担角色；只要孩子落地，双方天然就是合格的父母。殊不知，每个家庭中的角色，都是可以被引导学习的。如果从成长到结婚根本没有这种可习而得之的积累和专业化的技巧，匆忙上马、临阵磨枪的新婚夫妇，就只能从本能出发，选择原生家庭作为新家庭的建设蓝图。

所以，无论你是否情愿，每一个诞生的新家庭都有其独一无二的“使用说明书”，而你和你的另一半就是新家庭的策划师、设计师，更是每天家庭剧的编剧、导演和演员。没有一幕剧是相同的，尽管看上去差不多。

放下原有的认知，改变固执的信念，学习新的理念。这是开始的第一步。其实，我们也可以看到，今天的年轻人在组建婚姻家庭前后，也开始能够接触到正在迭代升级的“家庭使用说明书”。不要紧抓原生家庭模式不放，还有很多模式和版本可供学习。而通过有目的、带有觉知的学习，我们能够顺利掌握另外的家庭构建法，成为一个合格的家庭建筑师。这种原来没人教的功课，可以通过学习和指导来获取，能意识到这是一种可以习而得之的技能，而非天生俱来的，有重要的现实意义。

更重要的是放下“你妈说，你爸说”，和你的另一半进行有深度的沟通，树立新的家庭目标。这不是一蹴而就的外科手术，而是长期蜕变的修行之旅，直到彼此脱胎换骨，你会为家庭的新生而获得喜悦。

自动驾驶的人生

因为要陪孩子读书，我在学校附近租了学区房，每天往来于学区房和办公室之间。时间稍长，走哪条路，在哪个路口左拐，哪个路口右拐，已驾轻就熟，闭着眼睛也能走到家。

有时限号，就免不了打车，我发现几乎每辆出租车走的都是不同的路。他们每天跑在城市里，什么时候哪条路比较堵，哪条路左拐比较多，哪条路红灯比较少，皆了然于胸。有时候，他们会多跑一段，但时间反而更短。

我们的大脑在进化过程中，为节省能源，倾向于把各种复杂问题模式化、程序化，以便节省思考时间和能量。在长期进化中，很多程序沉淀到人的潜意识里，比如看到蛇就会恐惧，不需要再次确认蛇是否有毒。

我们依赖这种长期积累的经验，得出某种生存的技能，并依赖这种技能优势，不假思索地一路向前。原来成功的，继续依靠成功的经验；原来失败的，再也不敢尝试。

但这种模式也有强大的惯性，让人对环境变化不再敏感，对新生机会视若无睹。

一个朋友从事电梯行业二十余年，行业竞争非常激烈，对人际关系依赖很大。他有个很优秀的侄子在某重点院校读书，我们多年前曾戏言等这孩子某天当了领导，让他给咱们一些电梯业务。虽然预言没有成真，但是侄子很争气，工作没几年已经给一个大领导当秘书了。同学现在已经是某电梯公司的老总，每次谈起侄子还是电梯业务，他的脑子里只有电梯。

另一个朋友说起当年的一个领导。领导年轻时在某国企当车间主任，是当时的后备干部。后来，工厂倒闭，领导没有其他谋生技能，去某小区当了保安，一个月两千多元工资，两班倒。当年，朋友是他的小跟班，调皮捣蛋、不务正业，领导没少关照。后来，偶遇朋友，他以为当年的小跟班仍一事无成，以老领导的口气训教：“看你现在还在浪荡，不如跟我去当保安，一月两千多元，两班倒，没啥重活儿，可得劲。”后来，领导发现当年的小跟班现在已能呼风唤雨、神通广大，认识很多大人物，就让当年的小跟班帮忙介绍个工作。朋友问他准备干什么，他说：“当保安吧。”

在从事的职业日久之后，经验就会绑架我们，成为难以挣脱的桎梏。

诺贝尔经济学奖得主诺斯认为，“路径依赖”类似于物理学中的惯性，事物一旦进入某一路径，就可能对这种路径产生依赖。这是因为，经济生活与物理世界一样，存在自我强化的机制。这种机制使人们一旦选择走上某一路径，就会在以后的发展中不断自我强化。

我们固执地自动驾驶在自己觉得最顺利的路上，一路向前，哪怕另外一条路没有红灯，也不拥挤。

中年失业怎么办

一次喝酒聊天，有个朋友问："如果现在失业了，你将以何为生？"

这个问题很突兀，也很少会有人想到。假如现在拥有的一切都化为乌有，一切从零开始，将以何为生？如何重新选择？

细思极恐。我们很久以来已习惯了当下的生活节奏、生活模式和工作程序，一切按部就班，朝九晚五，从来也没有想过某一天会忽然失去这一切。夜半失眠，这个提问还萦绕在脑海中：人到中年，如果失去身外的一切，如何面对归零的生活？

我们还能回到从前吗？

初入职场，我们充满了好奇心和好胜欲。我的第一份工作是销售代表，一天坐十几个小时的车，每周出差七天。我为了成交某笔业务，跑断腿磨破嘴，请客吃饭喝酒，竟也不知疲倦。业务失败了，也来不及懊悔就直奔下一个客户。依靠充沛的体力、顽强的精神、翻身的渴望以及新兴的市场，我能做一个优秀的销售代表。如今无法再回到当年，主要是不能再依赖体力来谋生，纵然还能拉下一张老脸，客户也未必喜欢。

后来，我开始创业，虽然一路跌宕起伏，但总体波澜不惊，感谢命运，遇上好光景，坐上一条顺水顺风的船，吃了几年风调雨顺的饭。如今风云突变，似乎没有哪个行业哪家企业还能活得有滋有味。而当年创业的环境、时机、行业细分、消费需求都已截然不同。纵然你不忘初心，却已找不到创业的原点。

还有面对风险的承受能力。人到中年，已经不再是一人吃饱全家不饿的状态。高堂父母，膝下子女，糟糠之妻，一个中年人的责任就是让周围的人都过得好。创业需要倾情投入，从风险管理的角度看，“All in”已不是中年人的首选。

那么，还有什么可以让我们从头再来？

古话说：“人过四十不学艺。”今天需要重新审视这句话的局限性。

中国古人的平均寿命不到五十岁，七十岁已是古来稀。现在呢？中国人的平均寿命是七十七岁，城市居民超过八十岁，我们几乎比古人多活了一倍的寿命。今天的人过四十岁是人生下半场的开始，还有另一半漫长的时间在等着你呢。“人过四十不学艺”几乎可以改成“人过八十不学艺”。

家财万贯不如薄技傍身。这门手艺最好随年龄的增长越来越有含金量，就像老中医，可以跨越年龄的限制变得越老越有经验。巴菲特九十岁还没有退休的意思，并且经验越来越丰富。德鲁克也曾预言：知识工作者将跨越年龄的桎梏。而德鲁克自己也是一个终身学习者，每年学习一个新领域，笔耕不辍，著述不断，一直工作到离世。

一个朋友给了我很大的启示。朋友原来是建筑设计师，开了一家建筑设计院，前些年地产生意如日中天，设计院的生意做得风生水起。如今江河日下，他不得不转型。一个偶然的机会，他开始接触绘画，从此一发不可收拾。凭借勤奋和过人的天赋，不到五年时间，他就崭露头角，并利用互联网的推广，获得了一大批粉丝。如果一个人有两千粉丝，就可以依靠“粉丝经济”来养活自己。他的作品机智幽默、颇具禅味，一幅常常拍到一两千元，这种收入甚至超过了很多专业画家。如今他心无旁骛，每天沉浸在创作和学习绘画中，自得其乐。

我问诸友：“你们觉得我可以干什么？”有时候，你并不了解自己，身边人却往往看得更清楚。

朋友说：你可以讲课，可以写作，可以卖字。我想无论哪一项，都不能凭借业余爱好和职业选手抢饭吃。要想混到职业选手的队伍，现在就要开始有目的、有计划、有毅力地投入精力，持之以恒，才可能在未来成就“斜杠”人生。在找到另一个自己的时候，顺便预备一顶降落伞。

手艺人
漫画

庚子冬
金寿石作

手艺人得自由

我小时候曾梦想当个木匠。那时候，家里的家具不是街上买来的，都是请木匠来家里打的。本来家里吃饭都是冷馒头，熬一锅菜，木匠来了，母亲便要把馒头在蒸锅里热一热，再炒两个菜端到桌上，恭恭敬敬地让木匠先吃。偶尔还会有一盘花生，一壶酒，工作完了工匠还有不菲的工钱。木匠走了，家里也断了每顿两三个菜的好日子。

于是，我很羡慕木匠，觉得做个木匠至少比只会种地的农民要受人尊敬。

那时候，村里还有几种人颇受尊敬。电工是个香饽饽，不仅会放电影，家里估计是不用交电费的，谁家有个红白事都得请他去扯电线。“老董儿”（红白事的主持）、厨师，还有村里的会计就更不用说了。甚至会写一笔好字的都会让人刮目相看，红白事坐在礼桌上，一个写字一个数钱，不用端盘子洗碗。我一度热衷于跟个老师学写大字，勤奋练习。除了爱好，我想着以后过年也可以去镇上摆个卖字摊，给别人写对联，赚几个外快。那时候，我尚不知写字是可以成名成家的，卖字是可以按平方尺计算的，一平方尺可以成千上万元，还都是别人求着，给钱不叫给钱而叫润笔。倘若知道，我一定勤学不辍，拿根毛笔就行走江湖了。

初中毕业那年暑假，我去建筑工地打零工，工钱是每天五元钱，一个月一百五十元，提灰搬砖，伺候师傅。掂瓦刀的师傅每天十五元，是一个小工的三四倍。如今建筑工地的木匠和泥瓦匠已经月收入上万元了，随时可以走人，只要手艺好到哪都有人用。

我堂哥二十世纪八十年代初从部队转业，是个汽车教练。回来后跑运输，他赚了第一桶金。那时车少，司机是个令人羡慕且高不可攀的职业，家中一般都比较殷实。

慢慢地，我上学后离开家乡，勤奋读书，走上一条拥挤不堪的独木桥。当年考上大学，就能有一份工作。如今即便名牌大学毕业，找工作的压力也很大。

那如何才能过上令人尊敬而又体面的生活呢？

如果没有考上名牌大学，如果没有门第可以依赖，如果学不会做生意的苦心经营，学一门手艺也是个不错的选择。

手艺人值得尊敬。

学习一门手艺，往往不需要很高的智商和天赋。即便没有考上大学，只要有一个前提——勤奋，只要在一门手艺上愿意花费一万个小时，通常也可以成为这门手艺的专家。

未来或许是一个手艺人自由的时代。学会一门手艺可以不依赖任何组织，带着手艺走遍天下，到哪儿都有饭吃。随时插拔，就地安装，不太依赖外在的条件。而互联网的发展会让一个手艺人更加自由独立，更容易获得不菲的收入。

我一个摄影师朋友拍一场婚礼可以收入五千元，平时因为爱好书法会写字，同时兼开一个写字培训班，每月也有一份不低的收入。这两份收入足以让他在一个城市里养家糊口，过一分体面的生活了。一个烘焙师在家里每天做限量蛋糕，发微信、晒朋友圈就能供不应求；一个钢琴师除了演出还可以带学生；一个网络写手靠读者点赞、打赏就可以快活生活；一个理发师开一间小小的工作室，只为一小撮熟客服务，就可以光鲜过活。某奢侈品包生产商雇佣的一个老妇，只为编织皮包上的一件手工配饰，就可以登上世界舞台。一个业余画家或者陶艺工匠不需要成名成家，只为部分欣赏的人创作，就可以在一个小圈层里自由创作，养活自己。

未来将会是一个个性突出、审美各异、价值纷呈的新时代，更多的自由职业手艺人将会涌现，平面设计师、服装设计师、沙画师、茶艺师、私人教练、婚礼主持人、教拳的武师、宠物训练师、瑜伽教练……

未来或许做一个好厨子，一个好木匠，一个好银匠，一个好花匠，一个钟表匠……只要手艺好，无论哪个行业、哪个职业、哪门手艺，都会赢得社会的尊重，过上自由美满的生活。

钱，借还是不借

一

钱借还是不借，是个问题。

无论有钱没钱，人人都有过借钱或被借钱的经历。借钱或被借钱的人，都有自己的一肚子苦水和经验。

借钱是一件冒险的事。借钱的人冒着自尊心被伤害的极大风险，是一次比求爱更甚的冒险。倘若没借到，那必然结下深怨，犹如第一次求爱被姑娘拒绝。经常借钱的人则另当别论，他们犹如情场老手，借钱不过是对每个姑娘都说“我爱你”。一次拒绝无关紧要，还有别的人可借，只要脸皮厚，总有傻傻的人当真。

一般借钱的都不是陌生人，不是亲朋就是故旧，对被借钱的人有较多了解，至少认为被借者有钱。这就给被借人出了一个极大的难题。如果有钱借并且愿意借还好；如果没钱借或者一时拮据，纵然有千百个理由也是枉然，必然背上为富不仁的黑锅。再者，谁能保证自己一辈子风调雨顺，没有个天灾人祸磨不开圈的时候呢？更让人悲催的是，钱借出去还能还吗？谁的钱都不是大风刮来的，想想除了不能把老婆借出去，也就借钱这档事最让人闹心了。所以，借钱对于借钱人和被借钱人，都是一件冒险的事。

如果要借，借给谁？我母亲常教导我："有饭送给饥人，有话说给知人。"一位先哲也曾说："千万不要借钱给别人，因为，你不仅会因此失去金钱，还会失去朋友。"然而，活在世上总还要有些烟火气，总有明知不可为而为之的事，比如借钱。

根据我的经验，钱借给那些欣欣向上的年轻人、志向远大的求学者、雄心勃勃的创业者、兢兢业业的持家者、突遭不幸的亲朋故旧及踏实稳健的经营者，是比较靠谱的。从借了还能还的概率上而言，这几种人还钱的可能性比较大。年轻人有的是时光证明自己；志向远大的求学者未来前程不可限量；创业者可能会失败，借钱权作天使投资，虽十有九输，但成了一个也就够本；谨慎勤奋的持家者一般不会乱花钱，借钱多是诸如买房之类的临时大项开支；突遭不幸的亲友，即便站在道义立场上，也应该伸手援助，还钱是情谊，不还就当捐助；踏实稳健的经营者，一般不会赌徒式地投资，稳扎稳打，赢的概率比较大。

对于明知钱借出去就如肉包子打狗有去无回的，如声誉和物质双双破产之人，倘若第一次张口借钱，那么你就当是一次捐献，没有大钱，可给些小钱，不必祈求再还。

二

借钱不还很让人受伤，但为什么会遇到借钱不还的事呢？还得问问自己。借钱给别人，要么是面子上过意不去，要么是心存侥幸、贪图小利，或者是交友不淑、识人不清。

借钱不还的有几种情况：（一）你不差钱，根本就没有要过。（二）实在无力还钱。（三）他觉得你过得好，不差这点钱。（四）你不好意思催他还，默许、容忍、面子、不在乎、大肚能容等，混合成一种感觉，让他觉得可以不还。（五）他假装忘了。（六）他想用别的方式还你，或他认为已经还了，比如他曾帮了你某个忙。（七）他觉得不还钱不会有严重的后果，你不会逼他还。（八）有比不还钱更重要的事，比如拿你的钱再赌一把。（九）三角债，别人不还他的钱，所以他也不还你的钱，心安理得。

借钱不还的人，第一次被催还钱还觉得不好意思，心下愧疚，至少嘴里会说：“啊，啊，不好意思啊，我尽快，近来手头有点紧，我尽快啊。”催了几次还没还的人，遮羞布被撕下，干脆无所顾忌，破罐破摔，虱多不痒，债多不愁。一次失信就可以再次失信，乃至根本没有信用。

第一次面对还钱的态度基本就是一个人一辈子的态度，不要期望一个人第一次拖欠债务，第二次会痛改前非。富兰克林说：“借到钱的人到该还的时候，一小时也不要多留，否则一次失信，你的朋友的钱袋就永远向你关闭。”

三

某年，我接到一个朋友的电话：“老刘，把你的卡号发来，上次买房借你的钱这个月凑齐了。”我欣喜得像中了头彩，似乎那钱不是自己的而是别人给的，马上问朋友在哪里，我要请他吃饭。此间快乐不仅在于钱回来，更在于朋友回来了。

被借钱应该像钱钟书一样，大钱没有，小钱有一点不用还了。两下相安。

富兰克林这样描述借钱人与被借人：“影响信用的事，哪怕十分碎屑也得注意。如果债权人清早五点或者晚上八点在该干活儿的时候听到你的锤声，这会使他半年之内感到安心；反之，假如他看见你在该干活儿的时候玩台球，或者在酒馆里，他第二天就会派人来讨还债务，而且急于一次全部还清。”

所以，借了钱就要好好工作，时时惦记债权人，勿嬉勿怠。

最忌讳的是向你的下属借钱，除非你不想干领导了。最好也不要向你的领导借钱，除非你准备在这个公司干一辈子。

朋友还是以不借钱为好，历来“君子之交淡如水”被奉为圭臬。朋友之间借钱就像酒里掺了水，喝起来总不是原浆那股味道。倘若因为借钱一不小心发现朋友“皮袍下的小”（鲁迅语），就更不值得了。

中国人常常缺乏基本的分寸感、距离感和边界感。亲朋故旧之间总把对方的荣耀富贵当作自己的一份，“苟富贵，勿相忘”，似乎身边有个人发达了，他就欠了自己一份见证；哪天兄弟开口，如果没有及时援手就必然背负了为富不仁的怨怼。

有多少朋友借钱未遂，终成陌路；有多少故旧借钱不还，终成仇怨。

别人向我们借钱，至少是他们觉得我们有钱，至少来借钱的人费了思量，如果有就不妨济人以难，如果没有也要客气回应。即使借了也不要念念不忘，施恩图报，必有后怨。

作为一个借钱的人，如有借钱未给、借物未遂、托事未办，都应反观自照，是自己不足以让对方慨然解囊，而非对方薄情寡义或者是势利之交。

新师说

学习一门与工作无关的技艺，不仅可以培养审美，提高心智，拓宽视野，磨炼心性，还可以反哺生活和工作。深入的学习可以触类旁通，融会贯通，相得益彰。大部分学校教给一个人基本的思维框架和逻辑，只是为再次学习做了一个铺垫，这仅仅是学习的开始。

如果人生是一条直线，学习一门技艺则可以让人生由此不同，变得异彩纷呈。我很久以来有一个愿望，要在书法、摄影、太极拳、佛法等感兴趣的领域拜一个师傅。过了不惑之年，我发现自己更加迫切地想学习一门技艺，需要一个师傅的引领。

很幸运，去年我拜了太极拳的师傅。武林是一个讲究规矩的地方，拜师之前师傅需要考察徒弟一段时间。首先，师傅要看引荐人。其次，正式见了徒弟之后，师傅还需要一段时间来考察徒弟的人品、悟性、恒心和毅力。等到师傅正式答应收徒，需要举行正式的拜师仪式，写拜师帖，写下要谨遵的门规和仪礼；再择良辰吉日，备一份厚厚的拜师礼，由某个师兄领进师傅门。师傅在堂前点了香端坐，一众师兄围坐左右，徒弟跪下后，由一个师兄或门人念拜师帖，弟子三叩首，呈上拜师礼。完后徒弟要摆一场大宴，请师傅和众多师兄喝一顿拜师酒，诚请以后多多指正关照。这才算是正式拜入师门，有了师徒关系和同门之谊。

拜师过程现在已非常简化，很多传统仪轨都不再遵循，即便如此，拜师也仍然是一件形式庄重的事。在拜师仪式中，听家门大义，读拜师帖，听引、保、带诸师训示，庄重的焚香叩首，都是徒弟对新身份进行不断塑造和强化的过程，师傅为的是让新徒弟心生恭敬。

韩愈讲：师者，传道，授业，解惑也。拜师之后才能深切体会，中国人讲的师门传承。真传一句话，假传万卷书。师傅的教授往往不同于书本理论，是一个人长时间实践的真知。很多真传在于口口相传，不落文字，以身示范，心口相应。一个好师傅，不是教给你一套架子或者理论，而是教给你心法。此中妙处是一个有志于此的徒弟长时间摸索所不能独自领悟的，就像一层窗户纸，师傅的一句话、一个比喻、一个动作，就能让徒弟一下子顿悟。

及时准确的反馈能力是一个师傅最基本的素质。就像一个人每天早上起来的第一件事情是照镜子，同样，我们需要用师傅这面镜子来观照自己的行为和意识。师傅就是一个标杆，一个参照物。一个人练习修行如雾中行，没有方向，没有反馈，极容易半途而废。师傅的作用，此时就在于引领、鼓励、敦促、指正。而日常生活、工作中，我们不能持续精进的原因，有时就在于很少有人能够及时地给我们反馈。孔子曰："友直，友谅，友多闻，益矣。"我们希望有人能给我们直截了当的建议、反馈，但少有人能够直言不讳，也少有人能从谏如流。

刮风下雨，宿酒未醒，事务繁忙，疏于练习时，我忽然想想师傅那句话"不是你不中，师傅面前没下功"，就如芒在背，不敢懈怠。

拜了师傅就有了一帮师兄弟，"独学而无友，则孤陋而寡闻"。大家一起切磋琢磨，相互学习，相互促进，更容易坚持下去。

学习一门技艺，需要一种氛围、一个气场，而师傅就是造场的人，只有进了门，才有修行。

谨以此文恭敬献于我的师傅！

中年下半场

人到中年后，该为人生的下半场做点什么？

我小时候，村里每个老人过世都要放一场露天电影，一群孩子放学后，在大队部门口数数，指着蹲成一排在冬日里晒太阳的老人，“一场电影，两场电影，三场电影……”如果没有对人生下半场的思考，那么以后你很可能是蹲成一排的电影中的一部。

中年是一场“遭遇战”。升迁无望，发财无门，重复的工作，单调的生活；日渐隆起的小腹，不断后退的发际线，无论是男人还是女人都抵挡不住地球的引力；忽然空巢的失落，四目相对的无聊。功名在身也掩不住厮杀多年的疲倦，金钱的诱惑也在边际递减。此时，曾经无比投入的事再也无法满足我们的成就感，对现在所处的环境充满了厌倦，一切都似乎乏味无趣。

中年有两种悲哀：

最不堪的是，停留在中年的疲惫和厌倦里，丧失了对人生的尝试和热情。

另一种最悲哀的是，有些人以为他们什么都懂，看透了人生。

很多人在四十岁或是更早的时候，就已经终止了自己的生命。正如臧克家的那首诗：

有些人活着，他已经死了；

有些人死了，他仍然活着。

我想争取活到第二句。

而此时，还有不断让人喜忧参半的消息。中国人的平均寿命已经是七十七岁了，谷歌的科学家甚至放出豪言：2029年，科技力量将实现人类的永生。人类已经在明目张胆地对抗自然规律。看到这里，至少你认为自己应是平均数以上，还可以活到八九十岁，还有四五十年，说不定更长。想到寿比南山，长生不老，你心中窃喜，但是否福如东海，则需要思考一个问题：怎么打发那么漫长的时光？

乏味而无趣地活那么长，还不如现在就死了。

然而，有时候真正的生命，可能是从下半场开始的。很多人的前半生是无意识的选择，或者是被别人安排的生活。为了别人，为了父母，为了婚姻，为了孩子，为了名，为了利，为了财务自由，为了社会的认同。如今这些大多都尘埃落定，尘归尘，土归土。

当弥留之际，回望一生，如果生命是一条直线，是几十年可以复制为一天的苍白，除了悔恨还会心生恐惧，该怎么面对给予我们无限可能的生命？

如今，你可以自由地选择。

那么，如何有意义地度过余生呢？

想想我们的童年为什么那么快乐？如果我们像孩子一样重新专注于某事，就像我们小时撒尿和泥一样，没有奖赏也玩得不亦乐乎，我们的生命会有所不同。

或许你读了《月亮和六个便士》后会顿悟，要像书中的主人公一样，离家出走，不顾一切，找到真实的自己，以画笔度过余生。

我有一个绘画系毕业的师兄，毕业后做了十几年装修生意，请客、送礼、陪吃、陪喝，但他每次看到朋友的画室都不能自已，临近中年决然重新提起画笔，每日功课不断。如今十几年过去，每天除了怡然自乐之外，润格更不菲，一堆人围着求画。

但要重新选择，对大多数人来说，除了缺乏勇气，还不知道自己究竟是谁，要去向哪里。幸运的是，你已经开始思考，或者倾听内心里潜伏已久的那个声音。

培养一个爱好。如果还没有找到，那么应该想想你是如何给孩子报各种补习班、特长班的。英语、画画、舞蹈、钢琴、跆拳道……不停尝试，直到找到你的兴趣，然后一发不可收拾。

活出另外一个你。无论做什么，你都是在不断地寻找那个真实的自己。重新唤醒潜藏在心底的那个你，你想成为的那个人，一个旅行家、美食家、音乐家、画家、书法家、作家、慈善家……无论成不成家，至少你一直在成家的路上，一直在做回你自己，那是人生最大的奖赏。一路精进后，你可能成了一个资深的美食家，一个自娱自乐的作家，一个陶醉自我的画家，一个济危救困的慈善家。

在精进的路上，你可以看看《刻意练习》这本书。书中指出：经过一万个小时的训练，你也能成为某一行的专家。下半场的人生还有漫长的几十年，一万个小时你还是有富余的。但这种训练，你需要得到及时的反馈和指导，无论从哪里开始。最好一开始就找一个师父和一帮同道师友，在独自摸索中，如果没有人相互敦促鼓励，你会很快放弃。

开拓第二职业，或者换一份你想从事的工作。有朋友放弃企业的高管高薪，去大学从助教开始教书。一个即将退休的大学教授开始尝试走出校门，把咨询作为第二生命的开始。有朋友从中年开始练习射箭，纵然是一个小众的体育项目，却乐此不疲。后来，他在业余时间开了一家射箭馆，不是为了赚钱，而是为了悦己。

选择一项运动，开始锻炼身体。这虽说不能保证你八十岁不生病，但至少还能自己吃饭、自己上厕所。有一群人四十岁才开始自己的跑步人生，那么多马拉松、戈壁挑战赛让他们重现青春。

投身一项公益，参加一个非营利性组织。有朋友参加慈济慈善事业基金会做义工；有朋友要创办阳明书院，做公益图书馆；有同学创办杉树计划、e农计划及免费午餐计划。或许那是我们最后的归宿。人皆有恻隐之心、仁爱之心，需要一个出口。有先觉的人在引领这个时代，如中欧商学院的邓飞、陈瑶、杜海波、许小年等。

你还可以学习一门手艺，学习一门外语，或者换一个城市生活，或许也会过成另类的人生。

世界那么大，舞台那么多，时间那么长。当下的某个爱好在不断精进中，或许在未来会成为你人生中最耀眼的一张标签。

无论选择什么，总之，你不能——待在原地！

所有的再次主动选择，带来的副产品，不是金钱，不是名利，而是你深深的满足感和成就感。

那么，我的选择是开始写作。我想起语文课上老师总是把我的作文当成范文，睡梦里都沾沾自喜。尽管写作是件辛苦的事，也没有多少观众和打赏，可我又不是表演给谁看的。起早贪黑，乐此不疲，有时候甚至“丧心病狂”到废寝忘食。沉浸其中的甜蜜，我才不和你说呢。

不要等到退休的那一天再开始，正如德鲁克所说：“如果你现在还没有开始，那么以后也不会开始。”

谈谈如何住酒店

某年夏天，一家人去新疆游玩，路上因为有朋友安排，宾馆有时候并不尽如人意，不过一家四口也没太在意，直到住进一家五星级的酒店。

孩子延续了一贯做派，把宾馆房间毫不客气地当作自己的闺房，行李箱直接扔在门口过道，来来回回都要绕着过。衣服和随身物品随手丢在沙发上、床上。洗澡用了半个多小时，洗漱台上的用品东倒西歪，毛巾胡乱地丢在卫生间地上。不到半天，整洁的房间已经变成混战后的战场，一片狼藉。

我心中苦笑，不知道明天打扫的服务员该是何种表情。

仓廪足而知礼节，一个人的觉悟和素养是慢慢培养出来的。所以，孩子，你慢慢来。

我年轻的时候出差住宾馆，也干过很多如今想来令人汗颜的事。有段子说，某男早上起来用自家床单擦皮鞋，被老婆骂：你以为是在住宾馆啊。那时候，宾馆简陋，没有配备擦鞋布，所以很多人用宾馆的床单、窗帘、毛巾来擦鞋，也不羞愧，很少考虑明天谁住这间房。后来，住宿的地方从招待所、普通宾馆、快捷酒店、商务酒店，到五星级酒店。酒店越来越好，敬畏也越来越多。

如今无论住在哪里，我都会把行李首先放在行李架上。如果一个人住了双人间，就只用一套洗浴用品和床品，用完的毛巾放在洗衣筐里。洗漱用品略做收拾，洗漱台整洁有序。鞋子放在一角，所有垃圾都避免堆在桌上或地上，垃圾桶里尽量避免倒水。所有物品各安其位，出门或者退房，我会对房间简单整理，虽不能完好如初，但也应该体现入住者自律整洁的素养。无论是谁再住进这间房，都会对入住者的素养产生不可随意冒犯的敬意。

无论住在哪里，都不可随意浪费水、电、空调、纸和一切随用的物品，惜物就是惜福。正如那句话：钱是你的，资源是大家的。

不要总想着反正有人收拾，付了钱就该好好享受。一个人最好的素养，应该是无论何时都不主动给他人制造麻烦，无论何时都不依靠他人生活，始终保持在自己力所能及的范围内自食其力。若持此心，则人无论身处何时何地都能安之若素，泰然以对。

那些打扫卫生的人，或许住了几天都未必能和你见一面，是隔空为你服务。但他（她）在为你服务的那一刻，已经知道你是否是一个值得尊重的人。

我们都强调要赢得他人的尊重，而赢得他人的尊重，首先要自己尊重自己。特别是你一个人的时候，你才是你自己，所谓“君子不欺暗室”。

在五星级酒店吃自助早餐，不要像饿鬼一样，见到琳琅满目的食品就把盘子装满，最后还得剩下；也不要见到某种好吃的食物，比如海鲜，就一次吃个够。吃的时候最好不要刀叉并用，叮当响个不停。吃相也不要难看，如果吃完杯盘狼藉、一桌垃圾，桌布都需要撤换，这样的食客会让服务人员侧目相看。就餐中不要大声呼叫，可以举手示意，如果服务人员正在忙碌，就耐心等一会儿。你始终应该明白，他们是和你一样的绅士或淑女。

晚间，门铃忽然响起，打开门是一个服务生端着整套吃蛋糕的餐具和刀具。询问之下才知道，是孩子买了一个蛋糕想尝尝新鲜，于是就打电话让人送一把刀子。我接过餐具，请服务生稍等，迅速把蛋糕切了，把刀子清理了一下，拿出十元钱放在服务生的盘子里，他致谢离去。孩子不解：“为什么要给他十元钱？”我笑笑说：“因为对他的尊重，你只要一把刀子，他却给了你整套餐具。”

第二天吃早餐时，餐厅里人很多，没有能坐下一家四口的位子。这时，一个服务生飞快地跑过去，和一个占了四个位子、单独用餐的顾客协调挪位，一家人如愿坐下。

那个服务生就是昨晚送餐具的服务生。

有时候，你种下一粒善意的种子，并不知道在何时会开花结果，有可能就在第二天早上。

让我们来谈谈钱

女儿新学期开学，我承诺每周给女儿写一封信，针对当期问题，通过这种方式和她沟通。这是其中一封，写的是关于如何建立金钱的意识。

孩子：

让我们来谈谈钱的问题。

关于你如何花钱，我发现了几个现象：

一、你缺乏对钱的基本概念。比如，钱是怎么来的，该怎么用，该花多少。

二、没有计划。无论给你多少钱，你很少计划该怎么花钱。比如，今天去超市买笔记本，结果可能笔记本没有买但买来一堆零食和琐碎玩具。很多东西是一时冲动买的，并不在你的购物清单中。

三、没有节制。无论给你多少钱，你都会花光，如吃一顿大餐，买一堆零食。

四、没有回复。不论给你多少钱，你很少回来报账。

五、没有储蓄。你很少攒钱用于你真正想购买的东西。或许每次购物都能很容易地拿到钱。

我想就这些问题和你聊聊。

第一，要树立钱的概念。

对钱要尊重。钱来得太容易就会失去对它的敬畏感。所有的钱都不是天上掉下来的，而是通过辛苦工作换来的报酬。没有付出就不会有回报，钱是付出的结果，所以对待钱要珍惜。你不珍惜钱，钱对你也会很吝啬。

对钱要有数字感。一笔钱是多是少？每月收入多少？开支多少？什么是刚性的开支？什么是弹性的开支？有没有预留意外的钱？一个人如果没有数字感，生活就会变成一笔糊涂账，持家会一塌糊涂，创业会血本无归，工作会缺乏条理，这样的人很难有美好的生活。

第二，花钱要有计划，不可随意。

你奶奶常对我说："吃不穷，喝不穷，不会打算就会穷。"即便你有再多的钱，如果挥霍无度，最终钱也会离你而去。很多穷困潦倒的人不是没有能力赚钱，而是不知道怎么花钱，花钱没有计划。有的人做生意预计能赚一万元，但还没等到赚到一万元，就轻率地消费了一万元，最后可能钱没赚来却提前花了，为此背上不必要的债务。

第三，花钱要节制。

花钱带来的满足感会不断提高人的兴奋阈值，久而久之，就难以获得持久的幸福感。节制消费，也是对自我欲望的一种管理，你从小就应该学会这样的管理，而不是随心所欲。

节制还能延迟满足感。今天互联网购物和快递物流都很发达，而花钱购物带来的满足感也很快能够得到实现，但凡事太快满足，也会很快产生厌倦。延迟满足感，可以让我们学会期待和等候的价值。

第四，不要为了消费而负债。

前几年，有的学生为了买一部高价手机而去偷偷卖肾，这是用生命来消费。不要为了消费而轻易去借钱，量入为出这种朴素的生活态度是你可以去学习体会的。这也是自由的前提，因为负债不仅影响人的幸福感还限制人的自由度，不要因为虚荣而购买超出你收入水平的东西。

你更不能借高利贷去消费。借高利贷就是一条不归路。我近两年经常看到新闻报道，女大学生用自己的裸照作为抵押借了高利贷，透支消费，最后因无力偿还高额的债务，更无法忍受裸照被曝光的压力而跳楼轻生。

第五，花钱要回复。

无论是谁给的钱，花完以后一定要回复，钱是怎么花的，买了什么，还剩下多少钱，用不完的钱要交回来，这是一种负责任的态度。只有这样，给你钱的人才会放心。今天是父母给你生活费，明天工作了，单位给你钱去采购，而你花完了不报账，就是贪污，没有一个单位会用这样的人。

第六，要学会存钱。

你从小没有存钱罐，没有体会过打开存钱罐的幸福感。为什么要存钱呢？存钱是自我管理金钱的重要部分。钱在未来会伴随你一生，管理好身边的这个重要伙伴很有必要。而存钱就是最基本的管理。

有了储蓄之后，不仅可以有计划、有步骤量入为出地购买自己真正喜欢、需要的东西，还可以通过理财或投资，让钱生钱，让钱来为你服务，最后你会获得财务自由。

寅吃卯粮和轻易负债的人肯定要背负利息的负担。面对负担有人不惜用各种途径拿几张信用卡来回透支，这样的人不可能实现财务自由，他们大多的下场可以预期，那就是个人信用破产和糟糕的生活质量。

第七，如果借钱，一定要第一时间还。

好借好还，再借不难。这句耳熟能详、无人不知的谚语竟然很多人都熟视无睹或者选择性忘记，这导致他们信用破产，越混越糟糕。

人一辈子经营的也就两个字：信誉。

这里有两个重点：

一、借钱一定还。

二、第一时间还。

如果借了钱，在有钱的时候要第一时间把钱还了。因为时间长了，再还钱的时候会很痛苦，会下意识地认为钱是自己的，或者认为借钱的人不急着用钱，会找一百个不想还钱的“合理”理由，最终失信于人。

失去诚信甚于失去生命。

生活中离不开钱，如何处理和钱的关系，是一生中重要的一门功课。你应学会和钱友好相处，尊重钱，把钱当作朋友。创造钱，珍惜钱，钱就会取之不尽、用之不竭。

爸爸

2018 年 10 月 2 日

整洁是内在的尊严

孩子：

你三四岁的时候就能滚瓜烂熟地背诵《弟子规》：

晨必盥，兼漱口；便溺回，辄净手；

冠必正，纽必结；袜与履，俱紧切；

置冠服，有定位；勿乱顿，致污秽；

房室清，墙壁洁；几案洁，笔砚正；上循分，下称家；

列典籍，有定处；读看毕，还原处。

童稚之声，言犹在耳。

当时你咿呀学语，如今你应该领会，这些童年蒙训教导人从小要养成良好的习惯，特别是整洁卫生。

我们先来说说整洁吧。

你已经十二岁了，站着和你妈妈一样高了，亭亭玉立，走在街上像一个大姑娘，却仍未脱稚气，连基本的整洁也需要别人不断提醒。走进你的房间，通常要“翻山越岭”，“跋山涉水”，一片狼藉像刚刚溃退的战场：书包、衣服、袜子乱丢，床上像个垃圾堆，书桌上还有残羹剩渍、碗筷、饮料瓶，空气里弥漫着臭脚丫味混合着馊味……

这哪像一个姑娘的闺房？

一个姑娘，即便她天生丽质，但衣着随便、浑身臭味，也不会有哪个男孩子喜欢。相反，一个人长相一般，只要衣着得体、整洁有序、举止大方，她一样会获得很多人的青睐。

整洁是一个人不可或缺的品质。

我很难相信一个邋遢的人有把事情做好的能力。

无论任何时候，你都应该把自己收拾好——你的形象价值百万！

据说屋里凌乱的人有创造力，有人就曾拿爱因斯坦来举例。一张照片显示爱因斯坦一头乱发，办公桌上堆满各种资料——可他们忘了爱因斯坦是个天才。几百年来，天才寥寥无几。天才可以特立独行，独树一帜——孩子，你在成为天才之前，还是先把自己的房间打扫干净吧！

一室不扫，何以扫天下！

这里的“扫”可以理解成扫地的扫，也可以理解为修炼、修养。一个人连自己的个人空间都收拾不好，不能整理出一个舒适、干净、温馨、有条理、有秩序、整洁的空间，他（她）怎么可能把更大范围的事情做好呢？

一个人不能把自己收拾好，也就无法影响和领导他人。

得体，是最高的修养。

特别是一个女孩子，出门之前化妆是对他人的尊重。当然在大学毕业之前，你都可以素面朝天，因为那是你的本色。如果此时你就浓妆艳抹，反而会失去你少女的天然之美，让别人误认为你轻浮与不合时宜。

你不要责怪别人以貌取人，如果你给自己差评，为什么还要求别人对你高看一眼呢？

整洁是一个人的内在尊严——谁也剥夺不走。

那些高贵的品质，让你无论身居何处都不会骄横跋扈、不可一世；也不会萎靡不振、自暴自弃。让任何人见到你，都能从你身上看到自尊、自强，看到希望，他就不敢蔑视你、轻慢你。

大家闺秀杨绛，在“文化大革命”时期被下放到“五七干校”打扫厕所。即便干那么脏的活，她每天出门必然把自己收拾得干干净净。自然，厕所也被打扫得一尘不染。

你只有建立内在的尊重，才能敬畏这个世界，从而保持生命的活力。

生意盎然的一天是这样的：你知道今天早上洗了澡，用了沐浴液，头发上还散发着香波味；换了内衣，穿的袜子没有破洞，鞋子没有异味；换了一件外套，衣服上没有饭渍，刷牙用了三分钟，吐气如兰；头发刚刚理过，发型吻合你的气质——在任何时候，你都不会因为个人卫生而感到窘迫。此时，你必会昂首挺胸，充满自信。

这些，和你有多少财富无关，只看你是否建立了内在的尊严。

衣着、容貌是你的第一张名片。在你一无所有的时候，整洁的外表、内心的淡定从容是你最后的堡垒。

爸爸

2017 年 4 月 17 日

你应该知道的餐桌礼仪

孩子：

今天请你的家庭老师吃饭，见到你在餐桌上的表现，回来有些话想和你唠叨唠叨。关于餐桌上应该注意的事，权且叫餐桌礼仪吧。

如果是你请客，须先问客人有什么忌讳，再问客人喜欢吃什么。

有人禁忌很多，除了宗教禁忌还有素食主义，还有人不喜欢葱、姜、芫荽等，若能一一想到，必然大获人心。

关于点菜，如果你是客人，推辞不过就点一个自己喜欢、价格适中的菜，然后让主人继续，切不可大包大揽，点菜可是一项技术活。

如果你想给别人夹菜，请用一双干净的筷子。其实，我不赞同给别人夹菜，并不是每个人都喜欢吃你夹的菜。你可以示意，但要把吃不吃的权利让给对方。

有很多时候，吃饭并不是为了吃，而是为了交流。聊天才是吃饭的主题，无关紧要的天气，点评菜品，名人轶事，新近的旅行，最近的阅读，以及彼此喜好的食物，都是很好的交流开端。一切话题的最终目的，都是要增进我们彼此的感情，加强彼此的了解。

不要狼吞虎咽、埋头苦吃，吃得满桌狼藉、满口流油，就像刚刚从难民营里出来一样。

嘴里的食物不要太多，小口吃饭，细嚼慢咽，除了能更好地品味食物的美好，还能彰显一个人的素养。

你满嘴都是食物的时候，不要和人说话。

在每次吃饭的时候，在心里默念“吃相”，揣摩这个词的意思，留意自己并观察他人，慢慢地，你就会养成一副优雅的吃相。

大声说话被认为是粗俗和没有教养的表现。最好的说话声音是两个人说，第三个人都听不到。在中国的餐厅里，声音标准是最好不妨碍邻桌人。

对服务员大呼小叫被认为是缺乏基本的教养。无论是服务员上菜慢了、算错账了，还是脸色难看了、久呼不应等，作为一个有教养的人，你不能和他一样。修养再高一些的人，会认为服务员和自己一样是个绅士或淑女。如果有机会，你可以试着去端一周的盘子，你会体验到世上不同职业的苦衷。

如果是吃自助餐，最好不要一次将盘子里盛满自己喜欢的某种食物。我见过一个人将一盘鸡爪全部端过来独自大嚼，或者只吃自助餐里较为稀有的食物：鱼翅、三文鱼、基围虾等。我也见过有人在自助餐厅里因吃了过量海鲜而拉肚子上医院的不智之举。自助餐虽是任意取，但切不可贪多嚼不烂，剩菜让人鄙夷，更让餐厅痛恨。

不要把胳膊横在餐桌上影响他人就餐，这不是上课。

别人动筷时，不要转动餐盘。如果没有人转动餐盘就只吃眼前的菜，起身越过千山万水去夹菜，会让你显得不那么淑女。如果你实在很想吃餐桌另一边的菜，那么不妨把你眼前的菜和那盘菜换一换，让对方也能吃到这边的菜，这会被认为是善解人意的表现。

即使你吃得津津有味，也不要发出声音。吃饭吧嗒吧嗒的响声让人不胜心烦，顿失胃口。

饭桌上不要说一些让人联想不洁、倒胃口的话题。

上来一盘菜，特别是一条鱼的时候，应该首先放在客人面前，让客人吃第一口，而不是上来就夹一口。餐桌上有很多心照不宣、不成文的规矩，你需要慢慢学习。

任何时候吃完饭了，都不能抹抹嘴说：好了，我们走吧。很多时候，你会发现还有人正在举筷子。

用餐时别忘了点一包餐巾纸。

如果发现一盘好吃的菜，不要独自吃了一多半。如果是一份按人头上的菜品，吃完自己的一份即可。

如果吃西餐，一份牛排不要用刀全部切成块，然后大快朵颐，而是要刀叉并举，慢慢切，切一块吃一块，这会显得你很优雅。

吃西餐时，刀叉要轻拿轻放，不要把吃饭搞成一场打击乐。

不要把你面前吃剩的垃圾堆得像座山，最好及时清理餐盘里的食物残渣，始终保持你的餐盘干干净净。

无论和你的邻座谈得多么投机，都不要窃窃私语，更不能耳语。这会显得你很无知，让一桌上的其他人感觉不被信任，也会让大家猜疑你有什么不可告人的秘密。

在外吃饭是一种形式和社交，比吃什么更重要。

好吧，我知道你早就不耐烦了，那就先到这里吧！

老爸

2016 年 8 月

成长的代价

《狗十三》观后感

《狗十三》上映，无论是成人还是青少年，看过影片之后都回到了自己的主场，不吐不快。我从中看到了自己的童年和少年时代，看到了从少年叛逆中走过来的自己。

影片通过一条狗的丢失，另一条狗的出现、再失去，串起十三岁少女的反叛、成长、妥协、成熟的过程。少年会感叹她失去童心和纯真，一步步被成人世界的规则碾压，被迫变成一个听话的孩子。而作为成年人，除了忆起成长的痛苦记忆，还有对于成长的反思。

人生来都是以自我为中心的。从咿呀学语、蹒跚学步开始，人类的天然属性决定了一个孩子从出生就必须依赖外在的帮助才能生存，而外在条件是以“我”的需求为中心的。渴了，饿了，热了，冷了，拉了，一切生理不适都要通过哭闹来引起父母和周围人的注意，你需要照顾“我”，关心“我”。慢慢长大后，生理需求逐渐上升为精神需求，你需要关注“我”，体谅“我”，以“我”为中心。如果外界没有配合，“我”会用生来练就的本领对抗外在的世界，一切都是要证明——“我”是世界的中心。

第二阶段，发现自己不是世界的中心，还有另外的平行宇宙。有了其他的兄弟姐妹后，父母需要分出精力照顾更小的孩子，有很多要求得不到满足，不是每一个玩具都能买回家，很多事不以自己的意志为转移，你无权对世界呼来喝去、发号施令。哪怕你使出浑身解数，哭闹、出走、酗酒、对抗，都无法让你回到世界的中心，也无力改变世界的规则。当一个人认识到自己不是世界的中心，并不再对抗时，他就获得了成长。

成长的过程是一个去“我”的过程。去“我”的过程是一个内在成长的过程，一个重新建立自我的过程。只有打破原来的“我”，才能重新建立一个新生的“我”。就像虫蛹化蝶，毛毛虫的“我”不蜕变，怎么会有长出翅膀、美丽的“我”?

成长不会丢失纯真。每个人都有一颗赤子之心，天性纯良、天真无邪。这颗心永远不会丢失，而是被小心地包裹，有时候会蒙上尘埃，但时时拂拭，亦可明心见性，滚烫如初。

就像那个父亲被问及为什么要和妈妈离婚时，一曲《再回首》让一个中年男人痛哭失声、情难自禁。有多少无法言说的苦，深埋心间；有多少不堪回首的痛，不足外道。

叛逆是每个人成长的必由之路。谁的青春不迷茫，谁的青春不叛逆。

曾国藩早年为官是个“愤青”，看不惯官场的乌烟瘴气，愤世嫉俗。然而，他却处处碰壁，功败垂成。四十岁后丁忧，幡然醒悟，学会了融通与权变：打落门牙和血吞。当被人冤枉，被人构陷，他任人羞辱，唾面自干。他为什么不讨伐、不申辩，而是默默吞下？

曾国藩有更大的理想和抱负，小不忍则乱大谋。他坚守自己内在的规则，洁身自好，但不以自己的标准来要求别人，外圆内方，通权达变，不与小人为敌，不与君子争名，不与世俗抗争。因为抗争的代价太大，大到一个人不妥协就无法生存，更不要说实现理想和抱负了。

成长的智慧，首先是妥协。就像西点军校的训练法则：首先是服从，一个人先学会服从才会被认可；其次是在服从的前提下，慢慢建立自己的规则。

影片中的女孩，一方面，通过一系列事件慢慢成长、成熟，似乎是一步步妥协于成人世界的规则，慢慢变得谙熟世故、不再对抗；另一方面，她却通过自己的努力，一步步建立尊严，获得认可，英语考了第一，参加物理竞赛后被保送重点高中，赢得成人世界的尊重。庆功宴就是一个成人世界的加冕礼。

那一口吞下的狗肉，既是对纯真世界的告别，也是对成熟世界的接纳。影片末尾，她重新看到丢失的狗也没有因冲动去争辩，而是默默回避、躲在一边，生怕那条狗认出自己，一头扑上来。

只有痛不欲生的失去，才能有幡然醒悟的成长。

尼采说："杀不死我的，只会让我更坚强。"

成长是一个不断受磨炼的过程。脱离娘胎，就来到一个真实的世界，这个世界的底色是丛林法则，一点也不天真烂漫，即使在文明的外衣之下，也充斥着弱肉强食。一个拒绝蜕变的人，只能长成一个巨婴，而残酷的成人世界里没有襁褓。

北极熊把孩子一次次推到陡峭光滑的雪山下，让它重新爬上来，并不是不爱自己的孩子。山鹰把雏鹰推出巢单飞，是知道在巢里孩子永远学不会翱翔。

妥协于世界运行的规则，然后才能慢慢建立自己的规则。

贝多芬出道早年，依靠贵族李希诺夫斯基公爵的支持，去演奏一些自己不喜欢的音乐。成名之后，一次李希诺夫斯基公爵让贝多芬给拿破仑的军官演奏，讨厌拿破仑称帝的贝多芬愤而拒绝，还给多年赞助自己的公爵写下一封绝交信，申明立场：

"公爵，你之所以成为公爵，是出于一种偶然，是由于你的出身。而我之所以成为贝多芬，完全是因为自己。公爵过去有，现在有，将来还会有很多，但贝多芬只有一个。"

这就是贝多芬的自我规则，可以说"不"，可以拒绝，可以我行我素，哪怕从此陷入拮据的生活。

不过，只有在你还没有成为贝多芬之前，去演奏一些不愿演奏的序曲，你才能成为你。在漫长的一生中，实现自己的机会一直有，但你需要耐心、妥协、蜕变与重建。

跋·借筏渡岸

前几日，传辉为自己结婚二十周年办了一场颇有仪式感的庆典。他还发了一张二十年前的老照片给我，那是他们伉俪当初在老家的婚礼现场：一对新人必然青涩也必定光鲜，在照片角落众多围观者中，传辉特意做了圈红，细看其中，竟有个青涩的自己，正踮脚向现场张望。啧啧之际，恍然发现原来我们已相识了二十年。

某年夏天，我和传辉从太行山中的郭亮村出来，路遇一野生水库。烈日炎炎，我们都有了下水去暑的玩性。我俩路边买了泳裤，并肩投水。本想着就是泳池嬉戏，他却一副健将模样，绝浪而去，我竟无法望其水花——水库对岸目力尚不能及，须臾间他竟打了一个来回，几公里的野游完事收工。我悻悻地表达我的受屈，他却淡淡地说："平时就这样游着玩。"我们同龄，可在水中已经差了几辈。

某年冬天，我们在北京相聚喝茶。茶自然是传辉弄来的极品，品茗言欢正是酣畅，却见他微闭半目，身体如老僧入定，手指在虚空中轻微比画。我对这种聊天姿势提出抗议，他抬颌一瞥说："我在练字。"原来如此。每年清明前后，我都能收到传辉寄来的信阳毛尖，期盼中的一小部分，是他必然会有一封毛笔手书随茶而至。手书的内容和《快雪时晴帖》一样没什么要紧话，可我每年还是仔细收藏好，盼着将来成了名作，我的名字也能与“山阴张侯”并驾流芳。

我在传辉的文章中，看到他很是推崇“斜杠青年”的人设。“人过四十不学艺”的古语被他改为“人过八十不学艺”，而每一门爱好，几乎都被他苛刻地发展成为自己的一项技能。打太极，他四处拜访名师；早上的长跑，被他发展成“半马、全马”，甚至一百二十一公里的戈壁挑战赛。他曾突发奇想：假如某天失业，他还可以去讲课、写作甚至卖字……当然，他遗漏了当游泳或长跑教练，也能在网上直播带货的一时之风。揣摩传辉理解的“斜杠人生”，大约指每一种爱好都是另一个自己，每一个自己都能养活自己，这是给自己预备的一顶又一顶降落伞。除了稻粱之谋，“斜杠人生”是个体生命呈现的多元化，他所追求的，是丰沛、弹性的人生状态。就像他某年的手书：“很长的人生需要探寻一条充满期待又不可知的路，意外，不确定，多样性，以及更多可能，可以把生命发挥得淋漓尽致。”

写作，自然就是他这种充沛淋漓的状态的文字化表达方式。

传辉非常喜欢写作，且不知疲倦。于是，就有了这本在诸君手中的新书。

我问过传辉为什么要写作，他给我的答案看来也不重要，我也就忘了。不过，在这本书中，其实蕴藏着某种程度上的回答。

我最喜欢本书所辑的故人旧事，那一个个饱含着复杂情感的故乡人物，让我这个二十年交情的朋友读得怦然有震感。这部分记录非常个人化，甚至在我和传辉二十年间无数次的彻夜漫谈间，也未曾耳闻。但书中的草蛇灰线，却可以找出如今他之所以如此的马迹蛛丝。譬如：写作，渊源于家族中最有文化的三叔启蒙；书法，得益于大年三十与语文老师尚连安写春联、卖春联……“斜杠人生”的多元精彩，全拜托这些故乡人物早早种下的种子，分毫不爽。

生命的每一种可能性都不会平白由来，大多数时候，我们由我们生存的环境所形塑。在传辉的写作中，他聪明地选择了用人物来做交代。而这些人物及其身后的故事，并不独立于他的身外，恰恰正是他当下人生的灵魂和底色。三叔不仅是那个被时代耽误的怀才不遇者，更是今天不堕青云之志的传辉本人。尚老师也不仅是那个因未评上职称而负气退休的老头，更是今天好为人师、长于包容的传辉自己。更多的故乡旧人，姥姥、三爷、堂兄、小瑞、商有弘等，无非是传辉借了他们已逝去的生命来叙述自己的故事。在这里，没有他者，只有自己；没有故乡，只有此地。

今天，文字的外在权威已土崩瓦解，传播的门槛几近于零，人人指尖有键盘，而个人化写作故更显弥足珍贵。借助传辉的文字，我们皆有机会回溯自己，整装再发。

卢劲